Jean-Claude Mourlevat

La ballade de Cornebique

Illustrations de Clément Oubrerie

GALLIMARD JEUNESSE

Pour qui la dédicace ?
Mêêêê pour ma biquette
et mes deux biquets bien sûr !

J.-C. M.

Chapitre 1

Bon, ça commence au pays des Boucs.

Un pays de bonne humeur et de rigolade. Les Boucs ne sont pas des gens compliqués. Ce qu'ils aiment faire ? L'été : travailler dans les champs avec des grands chapeaux de paille. L'hiver : s'attabler à quinze autour d'une bonne soupe aux choux et s'en mettre plein la panse. Et en toute saison ils adorent faire la java. Pendant la semaine, on bosse dur, mais le samedi soir, dans les villages, attention ! Tout le monde se retrouve dans une grange qui sert de salle des fêtes et ça danse et ça saute jusqu'à point d'heure. Des vrais dératés !

Ici tous les noms sont en *bique*, *boc* ou *bouc*. On s'appelle Bornebique, Bique-en-Borne, Sautenbique, Biquefer, Porteboc, Planchebique, Bouc-en-Barre,

Archiboc, Delbique, Delbouc, Biquepasse, Fargeboc, Tournebique, etc. Pour les dames et les demoiselles vous mettez *biquette, bicoune* ou *bicounette* et c'est bon. Ça donne Bornebiquette, Blanchebicoune, Barbicounette, etc.

Celui qui nous intéresse s'appelle Cornebique. Il est musicien. On l'a su dès l'instant où il a pu tenir son premier banjo contre son ventre. Inutile de lui enseigner les notes. Il écoute une fois et il joue. Juste. Il a appris par cœur plus de cent cinquante chansons, des tranquilles, des endiablées. De tout. Vous lui donnez le titre, ou la première phrase, et il vous la chante jusqu'au bout. Sa préférée, c'est une ballade :

So long, it's been good to know you...

Ça veut dire : *Adieu et content de vous avoir connus,* ou quelque chose comme ça. Celle-là, il la chante en fin de soirée, quand les danseurs sont épuisés à force d'avoir bondi comme des haricots sauteurs du Mexique, quand les chanteurs n'arrivent plus à piauler, et quand la bière a rendu les cervelles brumeuses. La mélodie est lente et plutôt mélancolique.

— Allez, dit Cornebique, perché sur une botte de paille, mon camarade et moi, on vous fait encore *So long...* pour finir, et tout le monde au plumard !

Le « camarade » en question, c'est Bique-en-Borne. Il joue de l'harmonica et chante la deuxième voix quand il y en a une. Ces deux-là sont inséparables depuis leur naissance. Ils ont avalé la même bouillie, chapardé les mêmes cerises, troué leurs culottes sur les mêmes bancs d'école et surtout fait la même musique. Et puis ils sont devenus grands ensemble, d'un seul coup : deux vrais Boucs avec la barbiche au menton et les deux belles cornes torsadées bien à leur place. Surtout Cornebique, qui est très long et tout en os.

– Regardez-moi ce grand démanché ! sourient les gens quand il passe. Il sait plus quoi faire de ses bras !

Ceux et celles de leur âge se sont mariés les uns après les autres. Eux, non.

– Alors, Cornebique, le taquinent les vieilles commères, tu t'en choisis une, de fiancée ? Elles vont toutes te passer sous le nez, hin hin hin…

Cornebique laisse dire. Il se moque bien de leurs réflexions. Il leur réserve une drôle de surprise. Un chien de sa chienne. Sa surprise, c'est une petite biquette jolie comme un cœur. Elle est arrivée dans le pays deux ans plus tôt.

– Drôlement mignonne, la nouvelle ! ont sifflé tous les gars.

– Mfoui… pas mal… a bredouillé Cornebique, cramoisi, quand on lui a demandé son avis.

Parce qu'il en est dingue, le malheureux. Dès qu'il la voit, il en a les cornes qui se font des nœuds, il avale de travers, il ne sait plus comment il s'appelle.

Leurs regards se sont croisés cinq secondes pas davantage, mais c'est plus que suffisant pour se dire l'essentiel : je te plais, tu me plais. Dans les yeux noirs de Cornebiquette (elle s'appelle Cornebiquette en plus !), il y a des petites étoiles dorées. Ou bien peut-être qu'il n'y en a pas. Peut-être qu'elles sont seulement dans le cœur de Cornebique, les étoiles dorées. Peut-être qu'il les invente parce qu'il est amoureux d'elle. Elle aussi est amoureuse de lui. Ça se voit bien : elle ne le regarde presque jamais ! Quand ils sont en bande, elle parle à tous les autres sauf à lui. C'est pas une preuve, ça ?

Les mois passent sans qu'il ose lui avouer son amour. Les saisons. Les années. Il n'a pas peur qu'elle lui dise non. Pas du tout. Il a peur qu'elle lui dise oui ! Quand il y pense, tout en lui s'emballe et s'affole. La fumée lui sort par les trous de nez. Il entend des cloches. Alors il patiente. Après tout ils ont le temps.

Jusqu'à cet après-midi-là, vers la fin de l'été. Il est en train de cercler la roue d'une charrette, dans le hangar de son cousin. Elle s'avance vers lui, hésitante :

– Salut Cornebique, je te dérange ?

Il échappe les outils, se heurte la tête à la ridelle, boum :

– Non, pas du tout… Je… réparais juste la charrette de la roue, je veux dire la roue de la charrette.

– J'ai besoin de te parler. C'est pour quelque chose d'important…

– D'important ?

– Oui. Si tu veux, je te le dirai demain matin au lavoir vers neuf heures. Il n'y aura personne là-bas.

Nous serons tranquilles. Les lavandières viennent plus tard.

– D'accord, j'y serai.

Elle lui sourit :

– À demain, Cornebique.

– À demain, Cornebiquette.

Elle s'en va. Les outils de Cornebique sont en désordre à ses pieds. Il regarde ses clés, ses pinces et il a l'impression que Cornebiquette vient de le démonter et de le remonter en désordre. Ses jambes sont à la place des bras. Sa tête est à l'envers. Ses doigts de pied ne font plus le compte.

Ce soir-là, il ne trouve pas le sommeil. Il est comme ivre. Nous serons tranquilles, elle a dit… « Les lavandières viennent plus tard… J'ai besoin de te parler… » Les mots de Cornebiquette dansent et dansent toute la nuit dans la tête de Cornebique.

Le lendemain, sur le sentier qui mène au lavoir, son cœur cogne fort. Ça fait presque mal, nom de nom ! Il a mis son pantalon propre, sa chemise à carreaux du dimanche, alors qu'on est mardi. Il s'est parfumé. Il a trouvé que ça puait affreusement. Il a tout rincé à grande eau. Il en a remis, un peu moins. Il a coiffé sa barbe, l'a décoiffée, recoiffée. Il a fait briller ses cornes à la cire. Il imagine ce qui va arriver dans quelques instants, puis les jours qui suivront, les semaines, les années. Voilà comment il voit ça, Cornebique, en imagination :

Elle est en avance au lavoir et l'attend sagement,

assise sur la pierre plate. Derrière elle, un vieux mur envahi par le lierre. Elle lui sourit, lui fait signe de prendre place à côté d'elle. Ils se touchent presque. On entend l'eau fraîche qui clapote.

– Merci d'être venu… J'avais peur que tu ne viennes pas.

Qu'il ne vienne pas ! Elle en a de bonnes, Cornebiquette ! Il serait venu sur les mains, oui, à cloche-pied, à reculons, en sautant sur le derrière. Elle hésite à parler. Elle fait tourner une brindille entre ses doigts. Il attend. Elle se décide :

– Voilà, Cornebique. Je… je suis amoureuse…

– Ah… et… de qui ?

– De toi, bien sûr… ne fais pas l'imbécile… tu le sais bien…

– Oui… non… je…

– Depuis le premier jour où je t'ai vu… il y a deux ans… quand je suis arrivée chez vous… le coup de foudre… Mais toi tu ne m'aimes pas, bien sûr… c'est dommage…

– Oh que si, Cornebiquette ! Oh que si ! Moi aussi je t'aime… je t'aime tellement que… y'a pas de mots pour le dire… en tout cas je les connais pas… je…

Dans les jours qui suivent ils se retrouvent en secret, chaque matin, au lavoir. Ils y restent assis sous le lierre à s'embrasser et à faire des projets.

Ils se marieront l'été prochain. Non, c'est trop loin ! Au printemps alors ! Oui, au début du printemps ! Ils feront une fête à tout casser. Et pas question que Cornebique joue la musique. Il l'a suffisamment fait pour les autres. Cette fois il sera celui qu'on honore, qu'on félicite, qu'on embrasse. Cornebiquette, son grand amour, sera à ses côtés, tout sourire, les joues un peu brillantes d'avoir bu un demi-verre de vin rosé. Ils auront des enfants, bien entendu. Dix-huit. Ou plutôt dix-sept. Non, dix-huit finalement. On décidera le moment venu... Il composera des chansons pour elle. Il a déjà le titre pour la première : *Little Stars*. À cause des étoiles dans ses yeux.

Voilà comment il voit les choses, Cornebique, en descendant le chemin.

Et voici maintenant comment elles se passent en vrai :

Elle est en avance au lavoir et l'attend, debout, près de la grosse pierre. Elle lui sourit, le remercie d'être venu, le fait asseoir près d'elle sur la pierre.

– Voilà, Cornebique. Je t'ai demandé de venir parce que... Il faut que je te dise que je... que je suis amoureuse... voilà !

– Ah... et... de qui ?

– De Bique-en-Borne... ne fais pas l'imbécile... tu le sais bien.

– Ah...

Les morceaux de Cornebique, ceux qu'il avait presque réussi à remettre à leur place depuis la veille, ne s'éparpillent pas, cette fois. C'est juste le cœur qui se déloge de sa poitrine et qui tombe tout seul dans l'herbe humide, à leurs pieds. Plof ! il fait, le cœur, et il ne bouge plus.

— Non… je savais pas… Et tu l'aimes depuis longtemps ?

— Depuis le premier jour, il y a deux ans, quand je suis arrivée chez vous… le coup de foudre…

— Ah…

— Je n'ose pas lui dire. J'ai l'impression qu'il ne s'intéresse pas à moi. Il ne me trouve pas jolie sans doute.

— Oh non ! ne dis pas ça… au contraire, tu es très jolie, je te jure, Cornebiquette… tu… je…

Il bafouille, les mots lui manquent. Elle renifle et continue :

— Alors, je m'étais dit, comme tu es son meilleur ami…

— Que je pourrais lui parler…

— C'est ça ! Oh, Cornebique, tu pourrais le faire pour moi ? Je t'en serais reconnaissante toute ma vie.

Elle lui prend les mains, les serre dans les siennes. Alors il promet qu'il le fera. Et comment donc ! Elle se lève et s'en va. Lui reste là, assis. Il a l'impression qu'il pèse douze tonnes et qu'il n'arrivera plus jamais à décoller ses fesses de cette fichue pierre plate.

Au fait, il y a bien des étoiles dorées dans les yeux de Cornebiquette. Il les a vues. Il ne les avait pas inventées.

Bique-en-Borne et Cornebiquette se fiancent au début de l'hiver. Ils se marient au printemps.

Cornebique est le témoin bien entendu, qui d'autre ? Et il fait la musique tout seul :

— Te casse pas la tête, mon pote, je jouerai pour deux !

En réalité, ce n'est pas pour deux qu'il joue et chante ce soir-là : c'est pour cinq ! Jamais on ne l'a vu aussi déchaîné. Il se dresse, débraillé, sur sa botte de paille de la salle commune et il met tellement d'ambiance qu'on a peur que les murs s'écroulent. Il boit trop. Il rit trop fort. Au bout de la nuit, il ne reste plus que quelques amis.

— Allez, Cornebique, tu nous fais *So Long*, pour finir ?

— Non, je suis crevé, je rentre…

Il embrasse son ami Bique-en-Borne :

— Je te souhaite tout le bonheur, mon vieux, je suis content pour toi…

Il embrasse ensuite Cornebiquette. Elle lui souffle :

— Merci pour tout…

— De rien, il grommelle, et il s'en va.

Il attend d'être chez lui pour pleurer. Mais il ne pleure pas : il braille ! Il doit enfouir sa tête dans l'oreiller pour qu'on ne l'entende pas à dix kilomètres. Ça lui coule des yeux, du nez, il a l'impression que les larmes lui giclent par les oreilles !

Sa décision est prise. On ne plaisante pas avec les chagrins d'amour. Ceux qui disent « allons allons ça va passer » se moquent du monde. Qu'on ne lui raconte pas de salades, à Cornebique ! Il fait son bagage. Ça ne lui prend guère de temps : sa besace, une gamelle en fer-blanc pour la tambouille, son couteau, son briquet tempête, une couverture, quelques provisions et son banjo. Au petit jour, dans le village désert, il croise Zerbiquette, une vieille Chèvre surprise de le trouver dehors à cette heure, surtout un lendemain de fête :

– Déjà debout, Cornebique ?

– Oui... je vais faire un petit tour.

– Si tôt ? On y voit à peine... Tu vas t'empierger dans les racines...

– Vous en faites pas, mamie ! Y'a pas d'heure pour les braves...

Il accélère le pas, passe devant le lavoir sans le regarder, et s'en va. Pour se donner du courage, il fredonne :

So long, it's been good to know you...
So long, it's been good to know you...
Salut tout le monde, ravi de vous avoir connus...
Et c'est parti mon ami !

Chapitre 2

Son idée, à Cornebique, c'est de faire le vagabond et de ne plus jamais revenir. Des fois que ça lui changerait les idées… Il s'en va vers l'est, côté soleil levant.

Les premiers jours, on l'appelle encore par son nom :

– Holà, Cornebique, où t'es parti comme ça ?

Il ment :

– Je vais rendre visite à ma cousine qui vient d'accoucher… Je vais voir une vieille tante qui est malade… Je vais chercher des graines spéciales…

À force, il mélange tout :

– Je vais voir ma vieille cousine qui est spéciale… Je vais acheter des graines pour accoucher…

Au bout d'une semaine, il est déjà si loin qu'on ne le connaît plus et qu'on l'appelle monsieur. Une fois sur deux, il se retourne en pensant qu'on s'adresse à quelqu'un d'autre. Mais tant qu'il chemine au pays des Boucs, tout se passe bien. On lui offre le gîte, on se pousse pour lui laisser une place au dîner. On n'est jamais déçu, d'ailleurs ! Parce que Cornebique est une personne qui a bon appétit, qui se tient bien à table, qui a un bon coup de fourchette, qui ne donne pas sa part au chien, qu'il vaut mieux avoir en photo qu'en pension. La plus belle expression, c'est une fermière qui la trouve, un soir :

— Vous n'avez pas de fond de ventre, monsieur Cornebique !

Effectivement, il a beau avoir un chagrin d'amour, ça ne lui a pas bouché le kiki. Il engloutit en silence tout ce qu'il y a sur la table. Il ne voit plus rien, n'entend plus rien : il mange. Et il termine en picorant les miettes éparses au bout de son index mouillé. C'est un miracle qu'il reste efflanqué comme ça. Pour remercier, il sort son banjo et pousse la chansonnette. Succès garanti :

— Dites donc, vous auriez pu en faire votre métier !

— Ouais, j'aurais pu…

S'il décide de rester davantage, il donne tout de même un coup de main : il débroussaille un talus, il aide à rentrer les foins, à monter une charpente…

Mais il ne reste jamais plus de deux ou trois jours. Parce qu'ensuite les gens deviennent curieux et qu'il n'a aucune envie de raconter son histoire, aucune.

Passe l'été. Vient l'automne. Il trouve encore à s'embaucher ici ou là, dans des fermes. Il arrache des betteraves, charrie des sacs de pommes de terre, gaule des noix : il prend ce qu'il trouve, quoi. La plupart du temps, il dort à la belle étoile. Sur son feu, le soir, il réussit à se faire des omelettes aux champignons ! Il en rit tout seul ! Je m'en tire pas si mal pour un débutant !

Vient l'hiver, malheureusement, et ça se gâte. Non seulement les jours raccourcissent, mais en plus les nuits rallongent ! Ah, ah, ah, très spirituel. Qu'est-ce que tu es poilant, Cornebique ! Où tu vas chercher tout ça ? Souvent il se raconte des idioties de ce genre et il rit tout seul. D'autre fois en revanche il s'aperçoit qu'il pleure en marchant. Mais qu'importe, ça fait du bien aussi. Ce qui l'inquiète surtout, c'est que mine de rien il touche aux limites du pays des Boucs. Ça le turlupine, Cornebique, parce qu'il ne sait pas ce qu'il y a après. Mais bon, il est parti : il est parti.

Il tombe sur une montagne qu'il franchit sans trop d'encombres et se retrouve de l'autre côté, dans une saleté de région dégoûtante : un ciel bas et gris, de la pluie tu en veux-en voilà. Un peu plus loin, il patauge carrément dans la gadoue. Ça tourne au marécage. De la vase puante, des moustiques à vous rendre cinglé, la nuit. Un soir, il s'aperçoit que ses jambes sont couvertes jusqu'à mi-cuisses de bestioles visqueuses impossibles à décrocher. Des sangsues ! Il les brûle une par une avec des morceaux de braise, directement sur la peau. Résultat : il pue le cochon grillé pendant une semaine.

À peine sorti de cette bouillasse, il s'engage dans une plaine interminable et balayée par le vent du nord. Pas de quoi sauter de joie mais au moins il marche à pied sec. Pendant trois jours il va droit devant lui, dans la rocaille et la poussière, sans rencontrer un être vivant. Il en regretterait presque ses potes les moustiques ! Il fredonne une de ses chansons préférées :

I ain't got no home…

Ça veut dire *J'ai pas de maison*. Il crève de faim. Elle n'en finit plus, cette mocherie de plaine ! Parfois il regarde le ciel immense que traversent des corbeaux criards, croâ, croâ. Il ne voit que du blanc et du gris. Il commence à se dire qu'il devrait peut-être faire demi-tour, maintenant, que le froid va venir, qu'il va se geler les côtelettes, qu'il en a assez vu…

Non, non, Cornebique, tu n'as encore rien vu, lève les yeux, ça commence juste !

Là-haut, côté sud, sous les nuages que le vent effiloche, un drôle d'oiseau blanc et noir bataille à coups d'ailes désordonnés contre le vent. Ça ne serait pas une cigogne ? Les bourrasques la chahutent comme un bateau sur la mer. Elle a du mal à avancer, beauseigne ! On dirait qu'un balluchon pendouille au bout de son long bec rouge. Comme elle passe au-dessus de Cornebique, le balluchon glisse et s'envole. Elle essaye de le rattraper en exécutant un numéro de voltige mais c'est complètement raté. Il tombe, tombe et au bout du compte il atterrit pile dans les bras de Cornebique ! Voilà autre chose !

C'est un torchon de cuisine bien ventru avec les quatre coins noués serré. Cornebique doit se servir de ses dents pour défaire le nœud. À l'intérieur il y a une petite couverture en laine roulée en boule. Un papier plié en quatre s'en échappe. Le vent l'emporte. Cornebique court après et pose le pied dessus.

À la personne qui trouverat le paquet…

Qu'est-ce que c'est que ce travail ? D'instinct, Cornebique a envie de ne pas lire la suite, de tout laisser là en plan : le balluchon, la lettre et la cigogne qui continue à se faire ballotter par les rafales, là, juste au-dessus de sa tête. Seulement, il est curieux, et comme les distractions ne sont pas si fréquentes dans le secteur, il décide de pousser un peu la lecture. Mais attention, ça ne l'engage à rien du tout, que ce soit clair !

À la personne qui trouverat le paquet… donc

J'écris cette lettre in extremis et je dirai même au dernier moment. Les Griffues sont pas loin. J'ai réussit à fiché le camp par derrière la maison et j'ai emporter le petit. Ceux qui sont rester j'ose pas y pensé… Si seulement j'avais eu quatre-vingt-cinq ans de moins, je leur aurait montrer qui c'est qui commande mais j'ai plus la force. Maintenant elles sont à nos trousses les Garces !

Ah oui mon nom c'est Stanley et je suis le grand-père de Pié qu'est là dans la couverture.

« Bon sang de Brest ! » jure Cornebique qui s'était assis dessus pour lire tranquille. Je suis en train de l'écrabouiller ! Il bondit sur ses pieds. Il n'ose pas regarder dans la couverture, ses mains tremblent. Qu'est-ce que c'est que ce trafic, nom de gu ! Je deviens fou ou quoi ? Il continue à lire :

La vieille Margie n'est plus ce qu'elle était mais elle arriverat bien à le transporter assez loin d'ici, qu'il soye en sécurité. Je lui ai dit comme ça : Margie, tu nous fait croire depuis cinquante ans que tu apporte les bébés mais tout le monde sais que c'est du pipeau : t'en n'as jamais apporter un, on se les fait tous seuls. Alors pour une fois remue-toi les plumes et emporte celui-ci, qui est le dernier. Sauve-le avant que les Fouines le chope !

Voilà ce que je lui ai dit, à Margie et elle va faire son possible.

Cornebique lève les yeux : la vieille cigogne ébouriffée se bat contre les éléments, sur le dos, sur le ventre. Elle fait tout pour ne pas se laisser emporter. Il déchiffre les dernières lignes :

C'est un garçon. Dès fois qu'on trouverez dans quelques années une petite copine qui aurais survécus et que ça relancerez l'espèce… On peut toujours rêvé. En attendant, si vous pourriez vous en ocupé…

Excusé l'orthographe mais quand on a les Griffues au

train, qu'on entend claqué leurs mâchoires, vous savez, la règle de l'accord du participe avec l'auxiliaire de l'anté-cédent devant ou derrière, hein...

Signé Stany, un vieux schnock qui va se faire boulotté d'ici pas longtemps et qui en a gros sur la patate...

Pendant quelques secondes, Cornebique est inca-pable de penser. Il grommelle seulement : « Qu'est-ce que c'est que ce boulot ? Qu'est-ce que c'est que ce fichu boulot ? » Il regarde autour de lui, cherche de l'aide. Il peut chercher longtemps : à l'horizon, le ciel et la terre se confondent. À perte de vue, c'est la plaine immense et désolée. Le vent redouble et fait claquer les pans de sa veste. Il fourre la lettre dans sa poche et se penche sur le balluchon. Il le prend sur son bras gauche et le tient contre sa poitrine. Dedans ça bouge... Ça bouge, nom d'une pipe ! Il va pour l'ouvrir et se ravise : qu'est-ce que tu veux savoir, Cornebique ? S'il est beau ou pas ? S'il est beau tu le prends et s'il est moche tu le jettes, c'est ça ? Là-haut dans les bourrasques, la cigogne en a plein les pattes. La pauvre Margie, elle s'imagine peut-être qu'elle va pouvoir reprendre son fardeau et continuer contre le vent ? Elle est complètement ratatinée, ça se voit. Elle ne fera pas dix mètres et le vent les ramènera exactement là d'où ils viennent, elle et son balluchon. Dans les pattes des Griffues. La suite, on la connaît...

Il a ses défauts, Cornebique, mais ce n'est pas le mauvais bougre. Il ne réfléchit pas pendant trois heures. Il lève la main droite vers la cigogne et lui fait signe qu'il prend le relais, qu'elle peut disposer... Elle n'attendait que ça : dans la seconde qui suit, elle s'abandonne au vent du nord qui l'emporte.

Bien, se dit Cornebique en relevant le col de sa veste, tout est parfait. Celle que j'aime vient de se marier avec mon meilleur ami. Je suis perdu et mort de faim. Il commence à pas faire chaud. Derrière moi, j'ai un marécage infesté de sangsues et de moustiques, devant moi une plaine déserte qui doit faire dans les quatorze millions de kilomètres. Et pour faire bonne mesure, j'ai désormais à charge un nommé Pié qui, si j'ai bien lu sur la lettre, a une espérance de vie d'au moins quatre-vingt-dix ans. Tout est parfait. Absolument parfait. Tiens, je vais me chanter *Hard Travelin'*, elle est un peu moins triste que les autres...

Chapitre 3

Tout le reste de la journée, Cornebique avance comme un canard mécanique, la tête vide, courbé contre le vent. La faim le travaille. Il a fourré le balluchon sous sa chemise et n'ose pas y toucher, sauf pour le remonter un peu, de temps en temps. Ça glisse toujours vers le ventre, cette affaire ! Il n'est pas pressé de découvrir la tête de Pié. Le vieux Stanley est bien gentil, mais il a oublié d'indiquer dans sa lettre quel genre de bestioles ils sont, lui et les siens. On peut s'attendre à tout, de la grenouille au porc-épic ! Une fois ou deux, Cornebique s'arrête et colle son oreille contre le tissu du torchon. Il lui semble percevoir un léger ronflement, mais bon, avec le vent qui hurle… Il sent de la chaleur, en tout cas. Ça le rassure un peu : au moins il ne couve pas un serpent.

Le soir, il trouve un rocher et s'installe derrière pour dormir à l'abri. Le vent est tombé. Il s'enroule dans sa couverture, regarde longtemps le balluchon. J'ouvre ? J'ouvre pas ? J'ouvre pas. On verra demain. Je dors.

Au milieu de la nuit, c'est le calme et le silence qui le réveillent. Dans le ciel limpide, la lune est montée, toute ronde. Il n'y a plus un souffle d'air. Cornebique sent que le moment est venu. Il défait le nœud du torchon, saisit un coin de la couverture entre l'index et le majeur, délicatement il l'écarte.

La petite chose ressemble à un hamster, de tête, non à une souris. Difficile à dire. Cornebique n'est pas un as en sciences naturelles. Ça mesure une main à peu près, mais comme c'est roulé en boule, on a du mal à savoir. Le corps est enfilé dans une chaussette de laine. Peut-être celle du vieux Stanley qui l'aura fourré dedans au dernier moment pour qu'il ait bien chaud. Si c'est ce que vous vouliez, Grand-Père, rassurez-vous, le petit n'a pas froid. Il dort comme une souche. Il en écrase, comme on dit.

Le lendemain matin, il en écrase toujours autant d'ailleurs, et l'après-midi aussi. Cornebique commence à trouver ça inquiétant. Il lui gratouille le cou de la pointe du doigt, il lui souffle sur le museau. Rien à faire. Seules les petites oreilles rondes frémissent sous le courant d'air. Attends un peu, je vais te

réveiller, moi. Il tire son banjo du sac, s'assoit en tail-
leur, le balluchon ouvert devant lui. Il balance :

Take a whiff
Take a whiff
Take a whiff on me…

À pleine voix. Dès qu'il la jouait, celle-là, sur sa
botte de paille, tout le monde levait les deux bras en
l'air et poussait des « yaououh ! » d'allégresse. Ici
le succès est moins net : un corbeau passe très haut
et remercie d'un faible croâ. Quant à l'autre, dans sa
chaussette, il ronflotte paisiblement, on dirait même
que ça l'endort davantage ! Eh ben, mon gros, pour
scier du bois comme ça, tu as dû avoir une drôle
d'émotion, se dit Cornebique, allez, je te fiche la
paix. Il le replace sous sa chemise et continue sa
route. Plein est.

Il lui faudra encore une nuit et une journée entière
avant de comprendre. C'est pourtant l'évidence :
il hiberne, le Pié ! C'est un Loir ou quelque chose
comme ça : un pionceur professionnel, un champion
de l'oreiller, un de ces petits futés qui vous saluent
bien dès les premiers froids. Il va émerger au printemps, frais comme un gardon et réclamer son café
au lait et ses tartines. Seulement d'ici là, qui va
devoir le transporter, le tenir au chaud, le protéger ?
C'est Tonton Cornebique…

Par chance, il arrive bientôt dans une contrée un
peu moins sauvage. Quelques arbres, de vieux murs
effondrés, un ruisseau. Il est justement assis sur une

pierre, au bord de l'eau, quand ça arrive. C'est la fin de l'après-midi. Deux silhouettes minces tremblotent sur la ligne d'horizon. Amis ? Ennemis ? Cornebique est un garçon plutôt optimiste de nature. Il les laisse venir, on verra bien. Elles marchent debout, souples et silencieuses. Droit sur lui. Mais plus elles s'approchent, plus il sent son estomac qui se ratatine. Elles ont des têtes triangulaires posées sur des longs cous maigres, des têtes de… Fouines. Aussitôt tous les signaux d'alerte de Cornebique se déchaînent. DANGER ! DANGER ! Ça lui fait comme une lame glacée sur la colonne vertébrale. Les Griffues ! Sans les avoir jamais vues, il les reconnaît. Elles sont vêtues de noir. Leurs yeux jaunes vous transpercent comme des poignards.

– Monsieur… salue la première très aimablement.
Une longue cicatrice lui barre le front.

– Messieurs, euh… mesdames, répond Cornebique.

– En promenade ?

– C'est ça, en promenade…

La deuxième reste à distance. Elle observe. La première commence à tourner autour de Cornebique. Comme il n'aime pas ça ! Oh comme il n'aime pas ça ! Il a envie de poser ses mains sur le balluchon qui gonfle son ventre, pour le protéger. Mais il se retient de le faire. Rester calme, voilà ce qu'il faut. Facile à dire : son cœur cogne à grands coups dans sa poitrine.

– Vous n'auriez pas vu un grand Bouc qui marcherait tout seul vers l'est, par hasard ? questionne perfidement la première.

– Je vois pas.

– C'est dommage. Il transporte un balluchon…
Ça ne vous dit rien ?

– Rien du tout.

– C'est dommage. Hein, Flesh, que c'est dommage ? Ça ne dit rien au monsieur…

Elles sourient. Un long silence s'installe. Elles ont l'air tellement sûres d'elles, de leurs crocs, de leurs griffes que Cornebique en a du mal à respirer. Il sait qu'il n'a aucune chance de s'en tirer s'il y a bagarre. Pendant qu'il en embrochera une à coups de cornes, s'il y arrive, l'autre lui sautera à la gorge et couic. Finalement, il n'en peut plus du silence :

– Et… il y aurait quoi dans ce balluchon ?

– Oh rien, minaude la première, un petit ami à nous… Qu'on a perdu et qu'on aimerait retrouver…
Flesh et moi on adore les enfants, hein, Flesh ?

– Oui, Pearl. On les adore.

– Je vois… Désolé. Ça me dit rien.

Cette fois c'est Flesh qui prend le relais. Elle s'approche et grince :

– Et une cigogne qui s'appelle Margie, ça vous dit davantage ?

– Non, pas davantage.

Flesh fait tourner quelques plumes entre ses doigts :

– Vraiment ? Avec des plumes comme ça ? Des blanches et des noires ?

– Et un bec comme ça ! ajoute Pearl en tirant de sa poche le long bec rouge de la pauvre Margie.

Alors là, c'est trop drôle. Les deux se gondolent de rire. Cornebique en a mal au cœur. Son estomac se révulse. La pauvre cigogne a vendu la mèche. Pour rien d'ailleurs, puisqu'elles lui ont fait la peau tout de même. Mais il ne lui en veut pas.

– Au fait, qu'est-ce que vous avez là, sous votre chemise ? interroge Flesh en s'approchant, les yeux plissés.

Cornebique sent que la panique n'est plus très loin. Pour gagner un peu de temps, il commence par se rouler une cigarette, mais ses doigts tremblent et il fait tomber la moitié du tabac sur ses genoux.

– Vous êtes nerveux ? Je vous demandais seulement ce que vous cachiez sous votre chemise…

– Je cache rien du tout. C'est mon ventre. J'ai trop mangé ces derniers jours.

– On peut voir ?

– Oui, on aimerait beaucoup voir, ajoute Pearl, en prenant un effrayant petit air boudeur.

Cette fois, on y est. Cornebique, mon petit père, ou bien tu as une illumination dans les dix secondes qui viennent, ou bien… Il se rappelle l'expression de son copain Bique-en-Borne : « Je me fiche bien de mourir : quand on est mort, on n'a plus mal aux dents ! » Ils trouvaient ça drôle à l'époque… Est-ce grâce à ce souvenir fugace ? En tout cas il se revoit soudain enfant, galopant autour d'un pré avec ses potes :

– Attends-nous Cornebique ! Tu sèmes tout le monde !

– Cornebique, arrête, t'as deux tours d'avance !

Il se dit que c'est peut-être là sa chance. La dernière. Et la seule de toute façon. Allez mon biquet, courage ! Tu ne vas pas te laisser zigouiller par ces deux Fouines sans te défendre ! Il respire un bon coup et murmure :

– Non. On peut pas voir.

– Oh, c'est embêtant, couine Flesh. Hein que c'est embêtant, Pearl ?

– Très embêtant. Et Grand-Mère ne sera pas contente…

– Et si on veut voir quand même ? reprend Flesh.

– On peut pas voir, s'entête Cornebique.

Il a mis la cigarette à ses lèvres, il fait semblant de ne pas trouver son briquet, il fouille ses poches. Ah, il doit être là, dans son sac posé juste à côté. Il se lève, laborieusement. Les deux Griffues commettent l'erreur sur laquelle il compte : elles se placent toutes les deux du mauvais côté, entre Cornebique et le ruisseau. Elles n'auraient pas dû ! Beuille ! Il envoie à la première un coup d'épaule monumental. Prends ça, ma vieille ! Ça la catapulte sur la deuxième, et toutes deux se retrouvent à la flotte. Plaoutch ! Cornebique saisit le sac et pique son démarrage. Foudroyant.

Les Griffues détestent l'eau. Elles détestent encore plus qu'on les y pousse. Elles n'apprécient pas non plus qu'un Bouc leur donne des coups d'épaule. Elles ne sont pas habituées à ce genre de traitement. Quand elles sortent du ruisseau, trempées comme des soupes, elles ont perdu leur arrogance : une rage folle les défigure. Elles crachent, elles sifflent, leurs yeux lancent des éclairs mortels. Seulement elles comptent déjà vingt bons mètres de retard et Cornebique cavale pour sa vie. Pour celle de Pié, aussi. Ce n'est pas le poids qui l'embarrasse, ni celui du balluchon, ni le sien. Il a si peu mangé depuis une semaine qu'il flotte dans sa peau comme dans un pyjama trop grand. Ses vingt mètres d'avance, il les défendra jusqu'au bout. Si elles veulent lui grignoter les mollets, il faudra d'abord qu'elles le rattrapent ! Pendant plusieurs kilomètres, tous les trois font voler la poussière sur le chemin. De temps en temps, Cornebique se retourne pour mesurer l'écart. Il lance ses grands bras osseux loin devant lui, il souffle fort. Combien de temps tiendra-t-il encore ? Elles n'ont pas l'air de se fatiguer, les tueuses !

Brusquement il se sent comme du mou dans les guiboles. C'est la fringale qui le creuse. Ça ne pardonne pas, ce truc-là. D'ici peu la tête va lui tourner, il se mettra à zigzaguer et il s'effondrera sur le chemin. Elles n'auront plus qu'à se mettre la serviette de table autour du cou. Au menu : gigot de Bouc. Dessert : Loir.

Il ne lui reste qu'une dernière cartouche à tirer : le bluff ! Allez, tant pis, le tout pour le tout ! Il commence son cirque : vas-y que je me retourne tous les dix pas, vas-y que j'ouvre grand la bouche pour happer une goulée d'air, vas-y que je boite de la patte gauche ! Les Griffues gagnent du terrain. Déjà elles croient le tenir. Leur furie en est décuplée. Plus que dix mètres, plus que cinq, plus que deux. Elles s'apprêtent à bondir sur lui pour achever le boulot. Et c'est là que Cornebique, pardon, monsieur Cornebique, pique son deuxième démarrage ! Il met toute sa volonté dans sa course, mais aussi et surtout dans un effort désespéré pour paraître frais et dispos. Il a mal partout, ses os craquent, ses poumons brûlent, mais il se donne l'allure de celui qui court tranquille peinard, qui en a encore sous la pédale. Il parvient même à se retourner et à leur sourire. Il leur envoie un baiser :

— Salut, les filles !

Écœurées, elles renoncent au bout d'une centaine de mètres.

— On se retrouvera ! hurle Flesh, le visage tordu par la haine.

— Ne l'oublie jamais ! s'époumone Pearl. Où que tu sois !

Il a beau être hors de leur portée, ça lui donne des frissons, à Cornebique. Il trottine encore un kilomètre ou deux pour être sûr, puis il se laisse tomber dans l'herbe, au bord du chemin, anéanti de fatigue.

Lentement son cœur s'apaise, son souffle se ralentit. Tout doux, Cornebique, tout doux... tu les as semées... tu n'as plus rien à craindre... calme-toi...

Il pose ses mains sur le balluchon, le caresse :

– Ça va, mon p'tit père ? Pas trop secoué ?

Chapitre 4

L'hiver finit mieux qu'il n'avait commencé. Pas difficile ! Cornebique a réussi à pousser sa carcasse jusque dans un pays de fermiers où on lui fait bon accueil. On lui offre volontiers un coin de grange ou d'étable pour dormir. On le régale de navets, de topinambours, d'un plat chaud quelquefois… Mais désormais, il évite de jouer la musique pour remercier, à moins qu'on insiste beaucoup. Des fois que ça réveillerait son camarade ronfleur. Voilà deux mois déjà qu'il le couve. Il s'est habitué à sentir cette volumineuse boule tiède au-dessus de sa ceinture. Elle ne le gêne plus. Un jour, il l'a mise dans le sac qu'il porte sur le dos et l'a gardée quelques heures comme ça, en marchant. Mais ça ne va pas. Il l'a recalée contre son ventre. Plus chaud. Plus confortable.

Bien sûr qu'il s'est posé la question, au début : et si je creusais un gentil petit trou dans la terre et que je le laissais finir tout seul son gros dodo, à l'artiste ? Je reviens au printemps, tranquille, je sonne le réveil et on repart tous les deux comme deux bons amis que nous sommes. Oui, bien sûr, mais à la réflexion il y a renoncé. Et pour cause : Imaginons 1) que le petit scieur de bûches, là, se réveille prématurément, en février mettons. Il serait dans un joli pétrin, tout seul dans la nature, 2) que j'arrive pas à retrouver l'endroit ! Je gratte, je gratte et je trouve rien... 3) que les Fouines, les Griffues quoi, le dénichent, à l'odeur ou je sais pas comment... Là, comme dirait le vieux Stan, je préfère pas y penser.

Bref, il a décidé de le garder. Après tout il ne dérange pas, il ne fait pas de bruit, il ne coûte pas cher à nourrir... Cornebique, cependant, évite d'en parler à quiconque. Il ne le montre jamais. Le soir, quelquefois, à l'abri des regards, il jette un œil dans le balluchon avant de dormir. Il lui arrive même, quand a un coup de solitude, de prendre la chaussette dans ses grandes mains, de laisser dépasser la petite tête endormie de Pié et de lui faire un brin de causette :

– Ça va comme tu veux, fiston ? La nuit se passe bien ?

Mais il est aux abonnés absents, le fiston. Les paupières sont closes et semblent collées l'une à l'autre. On dirait qu'elles ne s'ouvriront plus jamais. Les menottes sont réunies sous le museau, parfaitement immobiles elles aussi.

– Tu réponds pas ?... Non, tu réponds pas... Tu réponds jamais... T'es pas franchement du genre boute-en-train, hein ? Pour l'ambiance, faut repasser... D'un autre côté t'es pas contrariant non plus, c'est l'avantage...

Un soir, le petit garçon de la ferme où il passe la nuit le surprend en plein monologue. Il s'étonne :

– Tu parles à ta chaussette ?

L'enfant se tient immobile dans l'embrasure de la porte et attend la réponse. Cornebique ne se démonte pas :

– Bien entendu que je parle à ma chaussette. Pas toi ?

– Non.

– Jamais ?

– Jamais.

– Tu as tort. Il faut toujours parler à ses chaussettes. Sinon elles se vengent.

– Ah... Et comment ?

– Elles puent.

Le petit en reste baba et finit par s'en aller. Il ne sait pas trop si c'est du lard ou du cochon. Par sécurité, Cornebique fiche tout de même le camp dès le lendemain matin. Tant qu'il n'aura pas mis davantage de distance entre les Griffues et lui, il préfère la discrétion. Moins on le remarquera et mieux ça vaudra. Il évite la compagnie. Résultat : il est seul plus souvent qu'à son tour. Ça lui donne le temps de cogiter. Il se demande par exemple ce qu'elles lui trouvent de si extraordinaire, les Griffues, au petit Pié. Pourquoi est-ce qu'elles tiennent tant à le capturer ? Ça ne peut pas être seulement pour le plaisir de le croquer. Un peu de bon sens : il n'y a rien à becqueter là-dedans ! Non, c'est autre chose. Et plus Cornebique y pense, plus il a peur de comprendre.

Dans sa lettre, le vieux Stanley espère qu'on dénichera une petite copine à Pié, et que tous les deux, s'ils n'ont pas oublié comment on fait, bien entendu, pourront fabriquer toute une tripotée de marmots qui gambaderont joyeusement dans les prés. Eh bien les Fouines espèrent exactement la même chose. Mais pour des raisons moins poétiques ! Maintenant qu'elles ont boulotté toute l'espèce, avec le vieux Stan en guise de dessert, elles regrettent leur gloutonnerie et leur imprévoyance. Cornebique est même persuadé qu'elles détiennent déjà la demoiselle en question et qu'elles attendent seulement de mettre la griffe sur le fiancé ! Et le fiancé, c'est Pié ! Il n'existe plus sur cette terre que deux exemplaires de cette mignonne espèce : la petite Loirote prisonnière des Griffues et le petit Loir qui roupille là sous sa chemise. D'accord mais si elles le veulent, il faudra qu'elles viennent le chercher !

Avec tout ça, il en oublierait presque Cornebiquette. Quelquefois elle pointe bien sa barbiche, mais il l'envoie balader : fiche-moi la paix, Cornebiquette, j'ai pas usé mes semelles sur les chemins depuis presque un an pour que tu viennes m'embêter jusqu'ici ! Une autre qui pointe sa barbiche parfois, c'est Blanche-bicoune. Et, curieusement, il ne l'envoie pas balader, elle. Elle était gentille, Blanchebicoune. Et mignonne, finalement. Quant aux autres, Sautenbique, Bique-en-Borne et compagnie, ils lui semblent presque des étrangers aujourd'hui.

Le printemps arrive. Un matin, Cornebique entend le coucou chanter. Il s'arrête et s'assoit sur une souche d'arbre pour casser la croûte. Une fermière lui a donné du pain de seigle et du fromage. Il mange tout ça, il est de bonne humeur. Il va pour repartir, fait claquer la lame de son couteau, quand il lui semble percevoir comme un frémissement venu du balluchon. Il y colle une oreille. Ça bouge là-dedans, je rêve pas ! Son cœur se met à cogner. Il a eu tout le temps de s'y attendre, bien sûr, mais maintenant que ça vient, le voilà drôlement intimidé ! Voyons, nous sommes à la mi-mars. Si ses informations sont bonnes, le petit bonhomme ne devrait émerger que dans un mois environ. Est-ce qu'il se réveillerait avec de l'avance ? Il faut dire qu'entre son vol au bout du bec de la pauvre Margie, la fois où il lui a braillé *Take a whiff on me*, la course-poursuite avec les Griffues et le reste, il a été un peu chahuté… Cornebique dénoue le torchon. Ses doigts tremblent. Il se pose mille questions à la fois. Il saura marcher, le petit ? Il parle ? Pour qui va-t-il me prendre, au fait ? Il est peut-être né à la fin de l'été dernier et il a enchaîné directement avec la grande sieste ! Il n'aura rien enregistré, même pas la tête de sa mère ! Cornebique se rappelle ce qu'on lui a expliqué un jour : le petit être qui vient au monde ne s'est jamais vu dans une glace. Il n'a aucune idée de la bouille qu'il peut avoir. Il a seulement besoin d'amour et de protection, et pour peu qu'elles veuillent bien lui en donner, il serait prêt à en recevoir d'une clé à molette ou d'une corde à nœuds ! Bigre ! Celui-ci ne va quand même pas…

Dans la chaussette, ça s'anime. Cornebique la prend délicatement, il en retrousse le bord. Deux immenses yeux noirs le regardent, pleins de tendresse. La bouche s'ouvre pour parler. Cornebique craint le pire, et le pire arrive, car la petite chose lui murmure, avec une pointe d'étonnement :

– Papa… ?

Chapitre 5

Ils ne s'entendent pas si mal, finalement. Ils font connaissance, prennent leurs habitudes.

Le plus souvent, Pié se tient perché sur l'épaule de Cornebique. Il apprécie la vue panoramique. Et puis c'est tellement pratique pour mordre l'oreille de son grand camarade en cas de chamaillerie… Mais il aime aussi se blottir dans une poche de la veste. La droite, toujours. Dedans il fait sec, doux et sombre. L'odeur le rassure. C'est un mélange de tabac, de pain sec et de ficelle. L'odeur de Cornebique. Dans cette poche-là, Pié ne craint plus rien. Il aime surtout y être quand ils marchent à grandes enjambées. Ça tangue, ça secoue, ça berce. Très vite, il devient trop grassouillet et n'entre plus dans la chaussette de laine, mais il ne la jette pas. Elle reste dans la poche pour amortir les chocs et servir de couverture par temps froid. Une paysanne, chez qui ils ont travaillé quelques jours, lui a confectionné un petit pantalon à bretelles et une veste.

Quand ils s'arrêtent, le soir, Pié saute à terre et court en tous sens pour se dérouiller les pattes. Il bondit comme un ressort, cabriole et exécute des galipettes pendant que Cornebique fait un feu et prépare la tambouille. Après le repas, ils s'allongent sur le dos et regardent le ciel. Pié tend son doigt :

– Dis-moi, Cornebique, celle-ci, là, c'est une planète ou une étoile ?

– Euh… je dirais que c'est une étoile.

– Comment elle s'appelle ?

– Euh… je l'ai su mais ça me revient pas, là…

– Et elle est à quelle distance ?

– Loin. Elle est loin, mon p'tit camarade. C'est tout ce que je peux te dire…

Mon p'tit camarade, c'est un des nombreux noms qu'il lui a trouvés. Il en a inventé beaucoup d'autres, des gentils et des moins aimables : *Crotte-aux-Fesses*, au début, hélas ; *l'Aviateur*, ensuite, à cause de son arrivée par la voie des airs ; *Gros-Pépère* ; *P'tit-Pépère* ; *Fiston* ; *l'Artiste*, etc. Il ne l'appelle par son véritable nom, Pié, que lorsque la situation l'exige. Ainsi, cette fameuse nuit où il l'a égaré dans une forêt. C'est vrai qu'on hésite à crier « Crotte-aux-Fesses ! » tout seul au milieu des sapins. On se sent ridicule.

Quand Cornebique en a marre de sécher sur les

étoiles, il tire le banjo de son sac et pousse la chansonnette. Il prend une drôle de voix nasillarde qu'il n'a pas quand il parle. Mais il chante rudement bien, se dit Pié, il aurait pu en faire son métier, le cochon ! D'ailleurs il faut voir l'ambiance quand ils donnent un petit concert improvisé dans les fermes. Au début, les gens font leurs nez pointus et ils écoutent de loin. Mais Pié a l'habitude. Il sait que Cornebique va les retourner vite fait bien fait. Et ça ne rate pas. Ce sont les pointes de leurs godasses qui bougent en premier. Elles frappent le sol en cadence. Ils ne peuvent pas s'en empêcher. Ensuite les têtes se balancent et bientôt tout le monde chante, tape des mains et en redemande. Pié, debout sur l'épaule, recueille sa part d'applaudissements. Vous avez entendu ! C'est mon pote Cornebique qui chante comme ça. Vous avez le droit de l'écouter pour un soir, mais moi je peux le faire chaque jour. Je suis son ami. Et demain, on reprend la route ensemble. On est des artistes…

Pour la nourriture, il n'est pas difficile. Malgré ses bonnes joues rebondies et son ventre replet, il se contente de noix, de noisettes, de pain sec, de carottes crues. Qu'importe. Il faut seulement que ça craque et que ça croque. À croire que le bruit l'intéresse davantage que le goût.

Voilà, ils mènent la belle vie, quoi !

C'est un peu moins drôle à l'automne, bien sûr, quand Pié commence à piquer du nez. Il bâille. Ses paupières tombent. Les pointes que font les amandes de ses yeux noirs descendent, descendent. Il ne peut plus lutter. C'est sa petite horloge interne qui commande. Cornebique fait mine de le prendre à la rigolade :

– Alors, la flèche, on prépare les sports d'hiver ?

Mais en réalité, il n'aime pas ce moment. Ça lui file le bourdon, à Cornebique. Il a l'impression que Pié s'éloigne, s'éloigne, et l'abandonne. Le jour venu, il l'enveloppe dans la couverture et le remet tristement contre son ventre. Il lui dit seulement « bonne nuit », au singulier. D'ici les beaux jours, il devra les passer au pluriel, lui, les nuits. Plus de deux cents ! Et tout seul !

Au printemps, en revanche, c'est la fête ! Le petit Pié revient au monde, un peu hébété, après ses sept mois de ronflette. Il se frotte les yeux de ses deux poings. Il est encore un peu dans le potage. Cornebique le prend dans ses mains et lui sourit :

– Salut, mon copain !

– Salut Cornebique…

– Bien dormi ?

– Ça va…

– Une grasse matinée encore, peut-être ?

– Non, ça ira…

– Qu'est-ce que tu me racontes de beau ?

– J'ai faim…

Cornebique a tout prévu. Pendant plusieurs jours, il le bourre de noix, de noisettes, il lui fait boire du lait. Une fois repu, Pié vient enfin aux nouvelles :

– Alors, Corne ? Qu'est-ce que tu as fabriqué cet hiver ?

– Bof, la routine. J'ai marché.

– Tu as eu de la neige ?

– Pas mal, en janvier.

– Tu crois que je la verrai, un jour, la neige ?

– Qui sait ? Pour ça il faudrait juste que tu te lèves un peu plus tôt. Oh pas beaucoup : deux mois, ça suffirait. Tiens, en parlant de neige : figure-toi qu'un matin je me réveille et je vois des traces grandes comme ça… Ça serait pas des sangliers, je me dis…

Et c'est parti. Il lui raconte les sangliers, les granges, les auberges, les poursuites, les rencontres. Pié adore écouter ces histoires, toute cette vie qui a filé tandis qu'il rêvait ses rêves de noisettes, tranquillou dans sa couverture. Il s'en amuse comme un fou. Il se fend la pêche, s'étonne, se moque… Cornebique choisit les plus drôles, et il en rajoute pour le plaisir d'entendre son petit camarade s'étouffer de rire sur son épaule.

Il passe les chagrins et la solitude. Ça, c'est son affaire. Il passe aussi les Griffues, qui ne les ont pas lâchés, qui ne renoncent pas. Pas moyen d'en parler. Un jour pourtant, il s'en faut de très peu.

Il pleut. Ils se sont abrités sous un grand chêne touffu. Cornebique est allongé sur le dos, les genoux repliés, la tête calée sur son vieux sac de toile. Il somnole. Pié est perché sur ses genoux, il lui fait face et il le regarde. Il tourne le dos au paysage mais il s'en contrefiche. Son paysage à lui, c'est le visage de

Cornebique : les ravins de ses joues, la montagne de son nez, l'océan de ses yeux bleus, l'épaisse forêt de sa barbiche. Il se tait depuis plus d'une heure. Et soudain :

– Où on va ?

La question est tombée comme un caillou dans un lac tranquille. Il l'a posée d'une voix triste, éteinte, lui qui est toujours si vif, si joyeux.

– Hmm ? Qu'est-ce tu dis ?

– Je te demande où on va… Pourquoi est-ce qu'on marche toujours ?

– Ouh là ! C'est la pluie qui te met le moral dans les chaussettes ? File dans ma poche et pique un roupillon.

Pié ne bouge pas. Une gouttelette a traversé l'épaisseur du feuillage et elle éclate sur sa tête, ploc ! Il l'essuie de sa manche.

– Est-ce qu'on s'arrêtera un jour ?

Cornebique lui dirait bien la vérité, mais si c'est pour le voir tourner de l'œil, non merci. Il imagine la scène :

– Écoute-moi bien, Pié, tu veux savoir, alors voilà : on ne va nulle part. On fuit ! C'est pas pareil, hein ? On fuit des sales bêtes qui nous traquent. On les appelle les Griffues, les Fouines, les Garces ou tout simplement les Bêtes. Elles sont noires comme la nuit, souples comme des panthères, elles sont cruelles et infatigables. Elles sont des centaines, des milliers. Et leur seul désir, leur idée fixe, leur rêve, c'est de te capturer, toi, petit Pié !

Cornebique l'entend déjà :

– Me ca… me caca… me capturer. Mais pour-quoi ? Pourquoi moi ?

Et pour répondre à cette question, il faudrait lui avouer des choses plus terribles encore… Qu'il est l'unique rescapé de son espèce. Que la seule survivante à part lui est une petite Loirote entre les pattes des Griffues. Que tous les autres, tous les siens, sont passés à la casserole. Allez lui dire ça, à Pié : il se mettrait aussitôt à gémir, à pleurer. Il s'allongerait sur le ventre, frapperait le sol de ses poings. Il serait peut-être même fichu de plonger la tête dans sa vieille chaussette et de ne plus en ressortir. Déjà qu'il disparaît de la circulation sept mois sur douze !

– Saute dans ma poche, je te dis, tu grelottes.

Cette fois, il obéit. Il se laisse glisser le long du pantalon, escalade la veste et disparaît dans la poche. Cornebique laisse passer quelques minutes :

– Tu dors ?

De la poche ne parvient plus que le rapide ronron d'un petit chat. Il se lève sans bruit, déplie sa longue carcasse, s'étire, jette sa besace sur son épaule et se remet en route sur le chemin de terre. La pluie a presque cessé. Il lui parlera plus tard. Une autre fois.

Chapitre 6

Trois années ont passé, comme ils disent dans les romans. C'est le matin. Le soleil ras illumine la campagne. La rosée étincelle sur le chemin d'herbe. Ils longent une vigne de raisin muscat. Cornebique en saisit un grain et le jette dans sa bouche. La peau du fruit éclate et libère une délicieuse avalanche de jus vermeil.

– Hhhm… Tu en veux un, Pié ?

Il lui en donne un. Pié avale le jus, puis il prend son temps pour croquer la peau qui craque sous la dent.

Une vingtaine de femmes et d'enfants bien alignés et courbés en deux coupent les grappes et les jettent dans des grandes barriques de bois. Quand elles sont pleines, des hommes glissent de longues barres sous les poignées et les emportent, un devant un derrière, jusqu'à la carriole qui attend un peu plus loin.

– Un coup de main ? propose Cornebique.

Le vigneron, un homme de bonne taille, sec et sévère, le toise. Il tâche d'estimer sa force. Il se dit qu'il a l'air costaud, celui-là, qu'il n'a pas de graisse, rien que du nerf et du muscle.

– Je vous prends jusqu'à ce soir pour commencer. Et si vous faites l'affaire, pour la semaine. Quatre-vingts sous la journée. Nourri logé.

– Quatre-vingt-dix ! marchande Cornebique.

– C'est d'accord.

– Plus dix pour mon camarade, ajoute Cornebique en désignant Pié assis sur son épaule. Ça fera le compte à cent…

Le vigneron est sceptique :

– Qu'est-ce qu'il sait faire, le petit ?

– Il vous gratte le dos si ça vous démange. Montre au monsieur, Pié !

Pié saute à terre, cavale jusqu'au petit bois voisin, en rapporte une courte branche de noisetier, escalade le vigneron jusqu'à l'épaule et glisse la branche sous la chemise, côté dos. Puis il fouille, farfouille, gratouille énergiquement. Le vigneron se trémousse et rigole. Les vendangeuses et les enfants éclatent de rire.

– Et il chasse les mouches pendant qu'on déjeune !

lance Cornebique pour les convaincre définitivement.

– C'est bon, tranche le vigneron. Je vous prends. Vous, le grand, vous ferez équipe avec moi pour charrier les barriques.

Cornebique sera porteur. Ça lui convient. Il n'aimerait pas se casser le dos à couper le raisin avec les femmes et les enfants. Tous les deux travaillent une bonne heure sans dire un mot. Ils s'entendent bien pour charrier les barriques en souplesse et sans à-coups : même taille, mêmes longues jambes, même endurance. Quand la carriole est pleine, un ouvrier y attelle un cheval et s'en va avec. Ils ont droit à un peu de repos en attendant qu'elle revienne vide.

– Vous êtes là pour la Course, je suppose... demande le vigneron.

Cornebique s'essuie le front avec son grand mouchoir à carreaux.

– Quelle course ?

Le vigneron n'en revient pas qu'on ne soit pas au courant.

– La Grande Course, pardi ! La Grande Course annuelle. Vous venez de si loin que ça ?

– De trop loin, soupire Cornebique. C'est quoi, vot' course ?

– Vingt-cinq kilomètres à pied. Le dimanche qui vient. Ça part du village, là-bas ; ça suit le chemin ici, le long de la vigne ; ça fait le tour au coin, là, comme ça ; ensuite ça monte sur la colline, là-bas, à travers le bois ; ça redescend et ça revient au village en suivant la rivière, là-bas derrière. Cinq fois le tour. Vingt-cinq kilomètres. Vous voulez tenter votre chance ?

Cornebique a suivi le parcours que le long bras noueux du vigneron a dessiné dans la campagne.

– Faut voir... Je galope pas si mal... Il y a de la concurrence, je suppose...

– Ça, vous pouvez le dire. Plus de cent coureurs. Presque tous des professionnels qui passent l'année à s'entraîner dur pour gagner ici. N'empêche qu'une fois, il y a une dizaine d'années, c'est un amateur qui les a tous corrigés. Un type dans votre genre. Un sec, pas bavard, résistant et dur au mal.

– Ah bon. Et c'est quoi la récompense ?

– Un kilo de pièces d'or. Dans un sac. Le vainqueur s'en va avec ça sous le bras.

Cornebique n'en croit pas ses oreilles. Depuis sa naissance, il a tenu une seule pièce d'or dans sa main. Et ça remonte à des années. Alors un kilo ! Il imagine ce que cela représente et voit défiler des chaudrons de pommes de terre fumantes, des marmites de soupe aux pois bien épaisse, des omelettes aux champignons, des gâteaux de riz onctueux... La salive lui en dégouline de la bouche et trempe sa barbiche.

Ça tombe bien, il est midi et tout le monde cesse de travailler pour déjeuner. On s'assoit à l'ombre d'un grand olivier et les provisions sortent des paniers. Cornebique, malgré la faim qui lui tord les boyaux, tâche de se tenir correctement et il se sert en dernier pour tout.

– Un peu plus de soupe, monsieur Cornebique ? propose une jeune femme qui a remarqué son bon appétit.

– Une petite louche pour faire honneur… répond-il en tendant son bol.

– Vous reprendrez un bout de fromage avant que je le range, monsieur Cornebique ?

– Ma foi, je veux bien…

Au bout du compte il mange presque à sa faim.

Pié, lui, bondit en tous sens et agite sa branche de noisetier. Ce midi-là, aucune mouche ne se pose sur aucun nez, aucun moustique ne pique personne. Il y a parmi les vendangeuses une vieille femme noire d'habits et de peau, plus noueuse qu'un sarment de vigne, qui ne le quitte pas des yeux. En pelant sa poire, elle finit par marmonner, tandis que Pié vient de disparaître derrière un buisson pour y faire ses besoins :

– Dites donc, monsieur Tornebique, votre petit ami, là, ça ne serait pas un… comment on les appelle, déjà ? Je croyais qu'il n'en restait plus, je veux dire que les Fouines les avaient tous… ftt !

Et avec son pouce passé sous son cou, elle fait le geste de trancher la gorge, ftt !

Cornebique souffle sur son gobelet de café, comme s'il n'avait pas entendu. Mais son cœur s'accélère.

– Monsieur Tornebique ! insiste la petite vieille, en élevant la voix, votre petit ami, là…

– Cornebique, madame, mon nom est Cornebique avec un C comme… euh, comme curieuse.

– Pardonnez-moi… Je disais que votre camarade ressemble étrangement à…

Derrière le buisson, Pié s'est redressé. Il rajuste sa culotte, ferme les boutons, renfile les bretelles. Il revient.

– Oui, il ressemble à ces…

Cornebique n'hésite pas : il renverse son café fumant sur ses genoux.

– Aïe ! Je me suis brûlé ! Saleté de café !

On s'agite de tous côtés pour le soigner. Il baisse son pantalon sur ses chevilles, et on applique sur la brûlure des tissus imbibés d'eau fraîche. Cornebique gémit, pleure comme un enfant :

– Ça fait mal ! Ça brûle ! Maman !

Un grand gaillard comme lui, pensent les gens, qui aurait cru ? Qu'importe, l'essentiel est que Pié n'ait rien entendu. Quelle nigaude, cette femme !

Le soir, dans la grange où ils passent la nuit, Cornebique ne trouve pas le sommeil. À coup sûr, cette vieille chouette va continuer à regarder Pié de ses yeux plissés et elle va recommencer, plus fort encore et devant lui cette fois : « Dites donc, monsieur Tornebique… » Et il n'a pas l'intention de se brûler les jambes tous les jours.

D'habitude il ne reste jamais là où il flaire le moindre danger. S'il respecte ce principe, alors dès l'aube, demain matin, ils fileront sans même encaisser leur paie. D'un autre côté, s'ils attendent jusqu'à dimanche, alors il pourra participer à cette fameuse course et, qui sait ? la gagner…

Dans la paille, à côté de lui, Pié a mis en marche son petit moteur et il ronronne ferme. Cornebique le regarde et, comme à chaque fois, il se sent attendri. Il lui caresse délicatement la joue avec le dos de sa main. Dors, mon p'tit camarade. Te fais pas de mouron.

Chapitre 7

Le lendemain, Cornebique a une bonne surprise en arrivant sur la vigne : la vieille n'est pas là, et le sur-lendemain non plus. Elle a « la goutte », soi-disant. Eh bien qu'elle la garde ! pense Cornebique. Ce n'est pas lui qui la regrettera.

– Alors, cette course ? lui demande le vigneron avec qui il continue à faire la belle équipe, vous auriez votre chance avec vos grandes jambes, là…

– Faut voir, grommelle Cornebique, faut voir…

Mais sa décision est prise.

Le dimanche matin, un doux soleil d'automne baigne la place du village où se pressent déjà une vingtaine de concurrents et autant de spectateurs. Devant la fontaine, un gros homme en sueur sous son chapeau de paille est assis à une table branlante. Il prend les inscriptions.

– Votre nom, monsieur ?

– Cornebique, répond Cornebique.

– Professionnel ?

– Amateur…

– Vous êtes équipé ?

– Équipé, euh… c'est-à-dire ?

– Culotte de course… chaussures de course… ?

– Pour les chaussures je garderai les miennes si vous n'y voyez pas d'inconvénient. Pour la culotte, j'en ai pas, non.

Le gros homme plonge son bras dans un carton, sous la table :

– Tenez, essayez celle-là. Et si vous ne voulez pas montrer vos fesses, allez vous changer dans la cabine en bois, là-bas, c'est les vestiaires. Et mettez ce dossard surtout.

Quand, au bout de quelques minutes, Cornebique ressort de la cabine, chemise et pantalon sur le bras, Pié explose de rire. Depuis qu'ils se connaissent, et cela fait longtemps, il ne l'avait jamais vu dans une tenue aussi ridicule. Les maigres jambes blanches et poilues ressemblent à des bâtons sous la grande culotte qui flotte.

– Qu'est-ce qui te fait rire ? se vexe Cornebique en lui jetant son pantalon au nez, aide-moi plutôt à enfiler ce dossard.

Pié tâche de grimper le long de la jambe, comme

à son habitude, mais là, sans la toile du pantalon, il manque de prise, surtout qu'il rit comme un bossu.

– Tu me griffes, imbécile ! s'énerve Cornebique, et il s'agenouille pour que Pié puisse atteindre son épaule et ficeler le dossard.

C'est le numéro 27.

Un quart d'heure plus tard, ils suivent le chemin rectiligne qui longe la vigne aujourd'hui déserte. Pié trottine avec une dizaine de mètres de retard, mais son compagnon ne s'en soucie guère.

– Cornebique, attends-moi… Je n'arrive pas à te suivre.

– Monsieur avait la force de rire, tout à l'heure, monsieur aura bien celle de me suivre maintenant…

– Mais pourquoi tu te fatigues avant la course ?

– Je ne me fatigue pas, je marche ! Et je repère les difficultés du parcours. Ça pourra me servir, figure-toi.

Ils contournent la vigne par la gauche, puis montent sur deux bons kilomètres un raidillon qui s'en va entre les hêtres et conduit au sommet de la colline.

– Mon petit Pié, pronostique Cornebique, la course se jouera ici. Cette montée est un véritable casse-pattes. Ceux qui voudront frimer dès les premiers tours s'en mordront les doigts !

Pié le rejoint, hors d'haleine :

– Qu'est-ce que tu pff… qu'est-ce que tu dis ?

– Je te dis que la course se jouera ici et nulle part ailleurs ! Dans cette côte !

– Alors laisse-moi ici. Je t'encouragerai pff…
chaque fois que tu passeras.

Cornebique cache son sac et ses vêtements dans
un taillis, puis il installe Pié sur la branche basse d'un
hêtre, adossé au tronc :

– Tu ne bouges pas d'ici. Et tu ne te fais pas remarquer. Tu sais que je déteste ça. Je viendrai te chercher
après la course. Allez, à tout à l'heure !

Cornebique s'en va déjà à grandes enjambées dans
la descente, de l'autre côté de la colline, quand il
entend derrière lui la voix de Pié :

– Eh, Corne !

Il se retourne :

– Oui ?

– Ben… bonne chance !

Cornebique bredouille des remerciements et s'en
va. Il n'aime pas laisser Pié seul quelque part.

Arrivé sur la place du village, il reconnaît à peine
l'endroit. Ça grouille de monde ! Il avance au hasard
entre les concurrents qui se préparent. Le vigneron disait vrai : il en est venu de partout. Des longs
maigres tout en os, des petits trapus qui font rouler
leurs muscles, des noirs de peau, des blanchounets,
des poilus, des lisses. De tout. Certains sautillent sur
place pour s'échauffer, d'autres font des assouplisse-
ments. Il y en a un couché sur le dos qui se fait masser les mollets. Cornebique, lui, estime qu'il est assez
chaud comme ça et il reste piqué au milieu, un peu
étourdi.

– Vous avez le 27 ?

Il se retourne. Celui qui lui parle est presque un vieil homme. Dossard 30. Il a noué un mouchoir sur sa tête à demi chauve et il sourit timidement.

– Votre dossard ! Le 27 ! Je l'avais l'année dernière !

– Ah oui ?

– Oui, et il m'a porté chance !

– Vous avez gagné ?

– Gagné ? Oh non… Je la fais depuis vingt ans et j'ai jamais gagné. Mais l'année dernière, avec le 27 sur le dos, j'ai terminé la course ! Faut le faire !

Cornebique s'étonne un peu :

– C'est si dur de finir ?

L'autre le regarde, stupéfait :

– Ben oui… Plutôt… Vous l'avez jamais faite ?

– Non.

– Ah, c'est pour ça…

Il hésite, regarde craintivement autour de lui. Puis il fait à Cornebique le signe discret de s'approcher. Cornebique se penche sur lui. L'autre tord la bouche de côté et lui souffle entre ses dents :

– Je vous le dis à cause du 27 et parce que vous avez l'air d'un chic type : faites gaffe à la rivière, mon vieux…

– La rivière ? Et pourquoi je devrais…

Mais le gars s'est déjà détourné, il n'en dira pas plus.

Un long bonhomme à lunettes, juché sur un banc, postillonne dans un porte-voix :

– Les concurrents sont priés de se mettre en plafe pour le départ, derrière la corde. Ve répète : les concurrents…

Cornebique suit le mouvement et se retrouve aussitôt dans la mêlée : une bonne centaine de gaillards qui se regardent de travers. Pas un sourire. Pas un mot. Il commence à regretter d'avoir laissé le petit Pié tout seul pour participer à cette course de sauvages. Enfin bon, maintenant qu'il est là… Et voilà, c'est parti ! Il n'essaie même pas de se placer en tête. Se positionner dans le premier tiers lui suffit. La course va durer dans les deux heures et il est inutile de faire le mariole dès le premier tour. Surprise à la sortie du village : les bords de la route sont noirs de monde. Ça crie, ça vocifère. Les gens se grimperaient les uns sur les autres pour mieux voir. Ils sont enragés dans ce pays ! Deuxième surprise cent mètres plus loin : on a installé une tribune juste en face de la ligne d'arrivée et, tout en haut, on voit le fameux sac d'or posé sur une table. Deux malabars le gardent, les bras croisés sur leur poitrail de gorille.

Le long de la vigne, les deux cents chaussures soulèvent un épais nuage de poussière. On y voit à peine, on tousse. Cornebique tient son mouchoir devant sa bouche. Il s'applique à courir avec souplesse, à se ménager. Il lui semble entendre son nom au milieu des hurlements. L'équipe de la vigne qui serait venue pour l'encourager ? Ça lui ferait au moins une vingtaine de partisans ! Dans la côte bien raide qui conduit au sommet de la colline, certains fainéants commencent déjà à tirer la patte et la file s'allonge. Cornebique raccourcit sa foulée et se laisse doubler par qui veut. Allez-y, mes lapins, on en reparlera tout à l'heure ! Mais, en haut, quand il lève les yeux pour tâcher d'apercevoir Pié, il ne le trouve pas. Et pour cause ! Les arbres sont envahis d'enfants à califourchon sur les branches ou accrochés comme des petits singes. Ils poussent des cris perçants et jettent des poignées de feuilles. De l'autre côté de la colline, la descente est acrobatique. Le troupeau la dévale dans le plus grand désordre. La moitié des concurrents se tordent les chevilles, plusieurs se ramassent en beauté. Les voilà maintenant au bord de la rivière. À droite c'est l'eau, à gauche un haut talus envahi de broussailles. Entre les deux, un chemin d'herbe plutôt étroit. Un véritable entonnoir dans lequel on passe à cinq de front en se serrant bien. Le coin n'incite pas à la promenade : c'est sombre, ça sent le bois pourri. Mais à part tomber dans le bouillon, Cornebique ne voit pas trop ce qu'il devrait craindre ici. Il est justement en train de se poser la question quand il reçoit un méchant coup de coude dans le ventre !

– Houmpfff ! fait-il, le souffle coupé.

– Pardon… excusez… grommelle le grand escogriffe qui court juste devant.

L'ennuyeux, c'est que ce type l'a fait exprès. Il peut dire pardon tant qu'il veut, il lui a volontairement envoyé son vilain coude pointu dans le bide. Ça fait drôlement mal et Cornebique reste plié en deux plus de cent mètres. Mais ça n'est pas fini. Plouf! on entend à l'arrière de la course. Un type barbotte dans la rivière. Il jure comme un charretier:

— Vous auriez pu attendre le deuxième tour, bande de porcs!

Il essaie de s'agripper à la berge pour sortir, mais les trois coureurs qui passent à ce moment-là lui écrabouillent la main de tout leur poids.

— Pardon…

— Navré…

— Désolé…

Il lâche prise et boit la tasse une deuxième fois. Décidément, comme ils sont tous polis et bien élevés! Dommage tout de même qu'ils soient aussi maladroits… Cornebique ne peut pas se défendre d'un léger sentiment de malaise. D'autant plus qu'en moins de deux minutes une dizaine d'autres concurrents se retrouvent à l'eau. Dès qu'ils tentent de regagner la terre ferme, ils se font piétiner les phalanges: « Pardon… Désolé… » L'un d'eux a une grenouille sur la tête et il regarde passer la meute, résigné. Cornebique reçoit encore un coup de genou dans les fesses et une main osseuse dans la figure avant que le chemin n'oblique sur la gauche et s'éloigne de la rivière. La main dans la figure provient de la même brute épaisse que le coude dans le ventre, dossard 77. Toi, mon poussin, se dit Cornebique, furieux, je t'ai bien repéré. Je te jure qu'on va

bavarder bientôt toi et moi. Je t'expliquerai en détail
la recette du clafoutis aux cerises… Tu vas adorer…
Bientôt, ils retrouvent la foule hurlante massée des
deux côtés. Un homme hystérique s'égosille :

– Il en manque vingt-deux ! Je les ai comptés !
Vingt-deux, je vous dis !

Lentement, dans la tête de Cornebique, le règle-
ment de la course se précise. Article un : le premier
arrivé gagne. Article deux : tout est permis, surtout le
long de la rivière. Article trois : il n'y a pas d'article
trois.

Bien, grogne-t-il en pressant son mouchoir rougi
sur son nez qui saigne, très bien, j'ai pigé. Il suffisait
d'être au courant. Maintenant que je connais la
règle du jeu, je vais pouvoir m'amuser avec vous, les
enfants…

Chapitre 8

Ils repassent devant la tribune d'honneur sous les acclamations effrénées du public. Un peu plus loin, on a installé au bord du chemin une table couverte de timbales remplies d'eau fraîche. Il en attrape une et la porte à ses lèvres. Il crève de soif. Et il continuera à crever de soif le tour suivant puisque sa timbale vole dans les airs. On vient de lui donner un violent coup de poing dans l'avant-bras. « Pardon… Désolé… » Il fait demi-tour pour en saisir une autre, mais il n'y en a plus sur la table. Compris : ils en mettent deux fois moins que nécessaire. Ça ajoute du piment, non ? Alors là, ça l'énerve, Cornebique, ça le contrarie vraiment beaucoup. Surtout qu'il doit sprinter pour rejoindre le peloton. Une voix aiguë s'élève parmi les autres :

– Alleeeez, monsieur Tornebique, alleeeez !

Il a le temps d'apercevoir la vieille noiraude de la vigne, accompagnée de toute l'équipe des vendangeurs en costume du dimanche :

– Allez-y, Cornebique ! On est pour vous !

Ça lui met du baume au cœur. Tiens, s'il gagne, il leur paiera une tournée générale… Ensuite, la course ressemblerait presque à une course ordinaire. Les concurrents se tiennent à carreau. En revanche, dès qu'ils disparaissent aux regards des spectateurs, le long de la rivière, c'est reparti : en avant la mailloche ! Mais cette fois Cornebique prend ses dispositions. Il se tient le plus éloigné possible de la berge et se fait une promesse : le premier qui approche, je l'ouvre en deux comme un livre ! Il a bientôt l'occasion de mettre en pratique ce délicat projet : un petit râblé, genre lutteur de foire, s'insinue dans les parages et tente de lui saisir la culotte à deux mains. Il a sans doute l'intention de le projeter à la flotte. Cornebique arme son poing très loin du corps pour lui donner le maximum de puissance, et platch ! il décoche au trapu une bonne châtaigne en plein sur le museau. L'autre bascule raide sur le dos et ne bouge plus. Adieu le 24 !

– C'est pour l'exemple ! crie Cornebique, la main en compote.

La démonstration produit son effet : on lui fiche la paix pendant un moment. Les autres ne peuvent pas en dire autant et vingt coureurs au moins font le plongeon dans l'eau boueuse. À ce train-là, combien en restera-t-il au dernier tour ? Et dans quel état ?

À l'approche de la table de ravitaillement, Cornebique fait l'effort de remonter à l'avant de la course. Excellente inspiration ! On a mis vingt timbales à tout casser alors qu'ils sont encore plus de cinquante soiffards à tirer la langue sous le soleil. Quelle foire d'empoigne ! On s'arrache les timbales et la moitié de l'eau est renversée dans la cohue. Cornebique, lui, boit tranquillement la sienne. Il réussit même à s'en vider une sur la tête pour se rafraîchir. Dès qu'un jaloux s'approche, il lui envoie une ruade dans les gencives pour lui enseigner les bonnes manières.

Du côté des jambes et du souffle, pas d'inquiétude : il pète la forme. Dans le raidillon sous la colline, il pousse un peu la machine, pour voir, et il double une quinzaine de coureurs, les doigts dans le nez. Ah, s'il ne s'agissait que de courir…

En haut, il tâche à nouveau de repérer le petit Pié, mais il ne réussit qu'à entendre sa voix perchée :

— Vas-y, Corne, vas-y !

Il en a un pincement au cœur, un coup d'affection. Sacré Pié, va ! Rien que pour lui, ça vaudrait le coup de gagner ! Au bord de la rivière, cette fois, on se bat comme des chiffonniers. La course fait plus que ralentir, elle s'arrête, et les marrons dégringolent à qui mieux mieux. Cornebique, lui, s'en tire bien. On le respecte davantage, on se tient à distance, même le grand 77. Sa petite caresse sur le museau du 24 a impressionné tout le monde. Il lui semble pourtant qu'on commence à le regarder de travers et c'est presque aussi inquiétant. Qui c'est ce grand Bouc qui est encore là au troisième tour ? Au troisième ou au quatrième, d'ailleurs ? Brusquement il a comme un doute. C'est stupide, mais il n'a pas compté !

– Dites, c'est quel tour, là ?

– Troisième, répond le dossard numéro 4, un hercule qui vient d'en balancer deux à la baille d'un seul coup d'épaule.

– Quatrième, répondent en même temps deux voix qui viennent de l'arrière.

Cornebique ne prend pas la peine de se retourner. Merci les gars, je vois qu'on peut compter sur vous… C'est un réconfort de vous avoir comme amis. Par chance, quand ils passent devant le gradin, le speaker à lunettes crachote dans son porte-voix :

– Encore deux tours. Ve répète : encore deux tours !

Cornebique boit une bonne rasade d'eau fraîche et en profite pour compter ceux qui restent. Il se demande s'il ne rêve pas. Ils ne sont plus que cinq. Cinq ! Les autres sont semés ou noyés ! Voyons : il y a encore le grand 77 aux coudes pointus et le colosse au dossard numéro 4. Les deux autres gaillards doivent être jumeaux. Ils ont le même air de voyou, le même nez cassé et la même face d'abruti. Plus lui, Cornebique, ça fait cinq. Il a soudain la certitude qu'ils vont se liguer contre lui. Il est l'étranger. Qu'est-ce qu'il vient faire ici avec ses grandes cornes et ses poings comme des briques ? Ils vont lui donner une bonne leçon à la rivière, afin qu'il n'y revienne pas l'année prochaine. Voilà ce qu'il se dit, Cornebique, et il comprend aussitôt que son salut dépend une fois de plus de ce qu'il sait le mieux faire à part gratter les cordes de son banjo : courir ! Il va les semer bien avant la rivière, à la régulière. Ils vont les cracher, leurs poumons !

Le long de la vigne, il allonge la foulée et donne son maximum.

– Cornebique ! Cornebique ! hurlent ses potes vendangeurs, fous de joie.

Il tire sur ses bras, sur ses jambes maigres, son cœur cogne. Derrière lui, ils suent, ils crachent, ils piochent comme des damnés pour ne pas se laisser distancer, mais il n'y a rien à faire : trop lourds, trop bien nourris ! Dans la côte sous la colline, Cornebique court seul en tête. Il s'envole. Ils ne le reverront plus ! Tu me vois, petit Pié ? C'est pour toi que je cavale comme ça ! Pas seulement pour les pièces d'or. Pour que tu sois fier de moi !

Il dévale la pente, arrive à la rivière et la suit. Il en est presque sorti quand il doit ralentir. Le chemin d'herbe est barré par le 24 qui l'attend, immobile, le nez comme une tomate éclatée. Ah bon ? Il n'est pas complètement refroidi celui-ci ? Non : il a attendu là et il fait des rêves de vengeance. Ils vont s'expliquer ici, à l'abri des regards, entre hommes ! Cornebique n'est pas convaincu qu'une discussion déboucherait sur un accord. Alors il baisse la tête et fonce dans le tas. L'autre ne s'y attendait pas. Il reçoit cinquante-cinq kilos de Cornebique dans le buffet, et prononce très distinctement :

– Hhhoumpfrrr… !

Du coup, il en éprouve comme du remords, Cornebique. Après tout, autant finir le travail ! Il se retourne et voit ses poursuivants qui arrivent. On les entendrait souffler à un kilomètre. Le premier, c'est le colosse au dossard numéro 4. Cornebique le chope un peu de biais et le propulse au milieu de la rivière : plaoutch ! Ensuite viennent les deux frérots qui courent l'un derrière l'autre. Très bonne idée. Cornebique en fait une brochette ! Arrive enfin son petit préféré, son chouchou : le 77. Cornebique prend une vingtaine de mètres d'élan et le charge. Il y met tout son cœur. Le grand dadais a l'impression qu'un troupeau de rhinocéros vient de lui tomber dessus. Il fait un gracieux vol plané et rejoint ses camarades dans la rivière.

Cornebique s'en va tout seul, un peu étourdi tout de même. Il parade, tel un empereur romain, entre les rangées qui l'acclament. Rien ne pourra plus l'empêcher de vaincre. Il imagine déjà le sac d'or sous son bras. Non, Pié, on ne touche pas ! Je l'ouvrirai ce soir, tu pourras regarder. Tiens, et si on allait dans cette auberge-là qui m'a l'air bien accueillante, tu choisiras ce que tu veux sans regarder au prix, c'est moi qui régale…

Cornebique déroule en souplesse.

– Dernier tour, ve répète…

Il passe devant la tribune d'honneur. Et soudain il les voit. Au milieu des centaines de spectateurs, il ne voit qu'elles. Elles se tiennent debout tout près du sac d'or qu'il devra aller chercher tout à l'heure. Les Fouines ! Leurs yeux jaunes le transpercent. On dirait qu'elles lui sourient, qu'elles lui donnent rendez-vous : nous t'attendons, profite bien de ce dernier tour car il sera peut-être vraiment ton dernier tour…

Le long de la vigne, Cornebique sent ses jambes qui flageolent.

– Monsieur Tornebique, hourra !

Ses forces le quittent. Mais il continue à avancer. Il sait ce qu'il doit faire.

Dans la côte, le public est clairsemé maintenant, et tout en haut il n'y a plus personne. Les arbres sont vides. Il comprend : tous les enfants se sont précipités à l'arrivée pour le voir triompher. Il appelle :

– Pié ! Pié ! Où es-tu, andouille ?

– Je suis là ! J'ai pas bougé !

– Saute de cette branche ! Dépêche-toi ! On fiche le camp !

– Ah bon ? Mais tu vas gagner… On va chercher le sac d'or !

– On fiche le camp, je te dis, j'en veux pas de leur sac ! Tu vois pas qu'ils sont barjos, complètement tapés !

Pié saute à terre, dépité :

– Mais qui va gagner, alors ? Il ne reste plus que toi…

Non, il reste encore quelqu'un, là-bas. Dans le plus fort de la côte, un rescapé tricote ses tout petits pas. Cornebique éclate de rire : c'est le numéro 30 ! Son gentil numéro 30 du début. Il a toujours son mouchoir noué sur la tête. Il s'arrête, essoufflé :

– Ah, c'est vous ! Dites donc, je m'y suis pris autrement, cette année. J'ai couru deux cents mètres derrière tout le monde, dès le départ. Comme ça, pas de mauvais coups à la rivière, pas d'embrouille. Je suis bien le dernier, n'est-ce pas ?

Cornebique lui sourit :

– Oui mon vieux, vous êtes le dernier, mais surtout tâchez d'aller jusqu'au bout ! Vous aurez une surprise à l'arrivée… Allez, filez vite !

Il suit un instant du regard le petit homme qui trottine vers la descente, puis il retrouve ses vêtements dans le taillis. Personne n'y a touché. Ni au banjo. Il enlève la culotte de course, le dossard et les suspend bien en vue à une branche basse :

– Ça leur fera un souvenir du 27 ! Maintenant viens, Pié, saute dans ma poche et ne me demande rien. J'ai pas envie de discuter !

Tous les deux piquent droit à travers le bois et disparaissent.

Chapitre 9

Une semaine que ça dure : Cornebique ne décolère pas. Il va à grandes enjambées, les mâchoires crispées, les poings serrés au fond des poches. Il ne parle plus, ne sourit plus. Il donne des coups de pied dans tout ce qui traîne sur son chemin. Il s'est même mis à cracher par terre. Pié, qui le connaît bien, ne se risque pas à lui chercher des poux. Il patiente. Il file doux. Pourtant il est en rogne, lui aussi. Il ne comprend pas pourquoi ils sont partis sans le sac. Un soir qu'ils sont assis près de leur feu, sous les étoiles, il tente tout de même sa chance :

– Tu me chantes *Get along, little dogies* ? Je l'aime bien.

La réponse fuse :

– Si tu l'aimes bien, chante-la-toi tout seul !

Pié s'enroule dans sa couverture et ne moufte plus. Bientôt il entend Cornebique qui se couche lui aussi. Ils se tournent le dos. Le feu qui s'éteint crépite faiblement. À part ça et le hou-hou d'une chouette dans le bois voisin, le silence les enveloppe. Ils ne se disent même pas bonne nuit. Depuis des années qu'ils marchent ensemble, c'est la première fois qu'ils sont malheureux...

Le lendemain, ils cheminent toute la journée sans s'adresser la parole. Pié ne bouge pas de la poche. Il n'ose même pas demander à Cornebique de s'arrêter un moment pour qu'il puisse faire pipi. En fin d'après-midi, il se hasarde tout de même sur l'épaule, silencieux. Là-bas, à l'horizon, il distingue un village perdu dans les champs de maïs. À mesure qu'ils approchent, il leur semble percevoir des éclats de voix, des rires. Ils s'avancent. On dirait que la population entière s'est rassemblée sur la place : des hommes rougeauds avec des enfants sur les épaules, des femmes, leurs bébés sur les bras. Ils entourent une estrade installée au milieu.

— C'est quoi ? demande Cornebique, qui n'avait plus ouvert la bouche depuis la veille.

— Mais voyons, c'est notre concours d'insultes... lui répond une grosse dame au corsage bien garni.

— Votre concours d'insultes ?

— Oui. Vous allez voir. Ça commence juste.

En effet, un jeune garçon se présente sur les tréteaux, un peu intimidé.

– Je vous rappelle la règle du jeu, explique l'animateur, chaque concurrent devra adresser au public autant d'insultes que possible. Le meilleur sera récompensé par le jury. Tâchez de ne pas vous répéter et surtout faites preuve d'invention ! Comment t'appelles-tu ?

– Sam…

– Très bien, Sam. Tu seras notre premier insulteur ! Je te souhaite bonne chance. Vas-y !

Le garçon se racle la gorge et commence, d'une voix peu assurée :

– Abrutis ! Idiots ! Bêtes à cornes ! Dindons ! Crétins ! Sagouins ! Bouseux ! Euh…

Ça ne va pas plus loin. Il sèche. On l'applaudit tout de même et le suivant s'apprête déjà. C'est un homme ventru, lui, et bien plus grossier :

– Triple cons ! Salopards !…

Les spectateurs préfèrent ça ! Ils rigolent de bon cœur. Pié aussi, qui se trémousse sur l'épaule de Cornebique, pendant que le bonhomme continue à égrainer son chapelet de gentillesses.

– Ça t'amuse, hein ? grogne Cornebique. Ça te plaît ?

Cette fois, Pié en a assez. Il se révolte :

– Oui, ça me plaît ! J'aime bien entendre les gens rire, figure-toi ! J'aime bien la bonne humeur !

– Et les grossièretés, surtout… Quelle vulgarité… Quel manque d'imagination…

– Ah bon ? Parce que toi, tu ferais mieux qu'eux, peut-être ?

Cornebique secoue la tête, méprisant :

– Si je ferais mieux qu'eux ? Pff…

La dame aux formes généreuses a entendu :

– Si vous voulez vous inscrire, monsieur, c'est là, au pied de l'estrade…

– Il n'ira pas, provoque Pié. Je le connais : il n'a que du bec !

Cornebique ne peut plus reculer. Il saisit Pié à deux mains et le fourre entre les seins de la dame :

– Vous me le gardez ? Je vous le reprends dès que j'ai fini…

– Bien sûr que je vous le garde ! Il a l'air mignon !

– Oui, il a l'air… Au fait, c'est quoi la récompense ? Un sac d'or ?

– Oh non ! Juste un bon repas à l'auberge, ce soir.

– Ça me plaît.

Sur le podium, les concurrents se succèdent. Certains lâchent des horreurs à faire rougir un soudard. D'autres sont brillants : ils tiennent plus de trois minutes sans bafouiller ni se répéter. On les acclame. Quand Cornebique monte à son tour sur les planches, on a l'impression d'avoir déjà entendu toutes les insultes de la création. Ça n'a pas l'air de l'inquiéter. Il balaie l'assistance du regard et commence, assez tranquillement, sans pousser la voix :

– Espèces de bons à rien ! Tristes faces ! Moisissures ! Saucissons ! Traîne-savates ! Grandes brailles ! Petites fesses ! Sacs à boustifaille ! Résidus de tripette !

Coulis de bouillasse ! Ramassis de graillons ! Aplatissures ! Chiures de mouches à crottes ! Enfileurs de perles ! Canards à deux becs ! Emboudineurs ! Culs !…

Là, il est déjà obligé de faire une première pause. Les gens rigolent tellement qu'on ne l'entend plus. Alors il pointe son index menaçant vers eux, et hausse un peu le ton :

– … Trous vides ! Moins que rien ! Apprentis bousiers ! Zéros pour cent ! Soustractions de rien du tout ! Dompteurs de fourmis ! Éleveurs de limaces ! Dresseurs d'asticots ! Compteurs d'orteils !…

La grosse dame hoquette de rire et presse le petit Pié contre sa poitrine :

– Eh bien dis donc, il connaît sa prière, ton camarade !

Ce n'est pas une prière qu'il dit, le « camarade », mais toute la messe ! Ça n'en finit plus ! Il reprend à peine son souffle entre les tirades. Le public est aux anges. Voilà plus de dix minutes qu'il les insulte sans interruption. Le record est pulvérisé depuis longtemps déjà, mais il continue :

– … Guetteurs de taupinières ! Cavaliers sur ânes ! Marins d'étang ! Petits pétouilleurs ! Emmêleurs d'eau ! Empailleurs de mulots ! Tripoteurs de bouillasse ! Bouffeurs de chaussettes !…

Les veines de son cou se tendent. Il brandit les poings. Porté par les vagues de rires, il s'exalte. Vous en voulez encore ? En voilà :

– ... Robinets d'eau tiède ! Petits pissoteurs ! Remplace-poubelles ! Dégoulinettes ! Bidons troués ! Boudinasses ! Sorties de tuyaux ! Chameaux plats ! Patineurs sur vermicelle ! Grignoteurs de trognons ! Lécheurs d'écuelles ! Mâcheurs de bouillie ! Jus de chique !...

L'animateur s'interpose et tente de l'arrêter :

– C'est bon, monsieur, vous avez gagné...

Il le repousse. Il ne l'entend même pas :

– ... Sirop de vomille ! Sous-marmites ! Entortilleurs de tire-bouchons ! Embobineurs de patafiole ! Fonds de barrique ! Débouche-burettes ! Gigots en costume ! Manivelles de secours !...

Les spectateurs n'en peuvent plus. Ils ont le hoquet, ils s'épongent, se tiennent les côtes, le ventre. Arrêtez-le ! Envoyez la fanfare ! On meurt !

On envoie la fanfare pour marquer la fin du concours. De toute façon, qui oserait passer après lui ? Il se tourne vers les musiciens qui déboulent sur la place et se déchaîne contre eux :

– ... Fouille-tripes ! Trous de balles ! Renifleurs de pets ! Résultats de vermifuge ! Torcheurs d'éléphants !...

Trois costauds l'enlèvent sur leurs épaules et l'emportent vers l'auberge. On ne sait pas trop s'ils l'évacuent ou s'ils le portent en triomphe. Les deux à la fois sans doute. Les spectateurs lui crient :

– Bravo ! Magnifique ! Merci ! Hourra !

En réponse, il leur braille :

– … Grumeaux de sanguinolette ! Suçons de ventouses ! Sous-nouilles ! Ventres à colique !…

Quelle ambiance, à l'auberge, le soir ! Cent personnes au moins se pressent dans la grande salle pour
fêter Cornebique, le vainqueur. Trois longues tables
bien garnies y sont dressées. Au menu : salade à
l'huile de noix et pommes de terre au four, son plat
préféré ! En dessert : tartes maison aux pommes, aux
poires, aux framboises… et des choux à la crème
du tonnerre de Dieu. Cornebique trône à la place
d'honneur. On se rend vite compte qu'il a bon appétit et on s'occupe de lui. On ne le laisse pas mourir de
soif non plus, si bien qu'il pousse un peu sur la bière.
Pié, à côté de lui, picore dans son bol d'amandes et de
noisettes, morose. Il fait la tête. La dame l'a ramené
juste avant le repas :
– Tenez, je vous l'ai lavé et shampouiné ! Il était
sale comme un goret, le petit coquin ! Mais il est tellement mimi… Hein, que tu es mimi ?
Pié ressemble à un caniche de concours, il est fri-
sotté, pomponné, parfumé comme une cocotte. Il est
surtout horriblement vexé. Cornebique s'en étouffe
de rire. Chacun son tour, mon vieux…
Au pousse-café, il sort son banjo :
– Ça vous dit d'entendre un petit air ?
Si ça leur dit ! On pousse les tables et c'est parti !
La moitié de son répertoire y passe et ça les mène au
milieu de la nuit. Quelquefois il ferme les yeux et il

lui semble qu'il est sur sa botte de paille, dans son village au pays des Boucs. Il les voit tous devant lui qui se trémoussent et rigolent. En chantant

Will you miss me
Will you miss me when I'm gone…?

il ne peut pas se retenir et les larmes lui ruissellent dans la barbiche. Planchebique, Biquepasse, Bornebiquette, où êtes-vous, mes amis… ? Est-ce que je vous manque un petit peu ? Ou bien m'avez-vous oublié pour toujours ?

Ils continuent tout de même dans la gaieté et la bonne humeur. Pié, sur l'épaule de Cornebique, retrouve peu à peu le moral. Depuis qu'il s'est passé la tête sous l'eau pour enlever les frisettes, il se sent mieux. Il tape des mains et siffle dans ses doigts pour chauffer l'ambiance. Quand tout le monde est épuisé, on leur donne une chambre à l'étage. Cornebique se jette tout habillé sur son grand lit, il n'en peut plus. Sur la table de nuit, une bougie tremblote.

Pié, lui, n'a pas sommeil. Il se tourne et se retourne sur la paillasse qu'on lui a installée juste à côté :

– Cornebique ?

– Hmmm ?

– Dis-moi, où tu as trouvé tous ces vilains mots ?

– Au concours d'insultes ? Je sais pas. J'ai pensé à certaines personnes. C'est venu tout seul…

– Eh ben, tu dois pas les aimer beaucoup, ces personnes…

– Non, je ne les aime pas…

– Tu n'es plus en colère contre moi ?

– Je n'ai jamais été en colère contre toi… Laisse-moi dormir, va…

Il souffle la bougie, mais après quelques instants, c'est lui qui chuchote :

– Pié ?

– Hmmm ?

– Tu veux que je te chante *Get along little Dogies* ?

– Si tu veux, mais tu es tout enroué… et ça va réveiller les gens…

– T'en fais pas. Je chanterai pas fort…

– D'accord.

Il se lève et va chercher son banjo, à tâtons, en tâchant de ne pas faire craquer le plancher. Il s'assoit au bord du lit et commence. Il joue très délicatement, en frôlant à peine les cordes. La chanson, il la murmure. On reconnaît tout juste l'air, mais c'est joli comme ça. À la fin, Pié pose sa minuscule main dans la grande de Cornebique :

– Merci…

– De rien. Bonne nuit, mon bonhomme…

– Bonne nuit, Corne…

Chapitre 10

Bon, ce qui va arriver maintenant est beaucoup moins drôle. D'abord parce que l'automne s'avance et que le petit Pié a toutes les peines du monde à garder les yeux ouverts. Le marchand de sable a fait sa livraison et il lui a servi double ration, cette année ! Il bâille comme un malheureux, il se frotte les mirettes, il n'entend plus ce qu'on lui demande. Comme d'habitude, Cornebique s'en amuse, mais n'empêche : ça le chagrine toujours autant. Il sait ce qui l'attend d'ici quelques jours : les nuits plus longues, plus noires, le froid. Et la solitude…

– Dis donc, Pié, et si je faisais comme toi ! On se trouverait un terrier assez grand pour tous les deux et on roupillerait ensemble jusqu'au printemps. Tu imagines : je serais le premier Bouc à hiberner ! Une curiosité…

– Pff ! La faim te réveillerait au bout d'une demi-journée…

– Mouais, je crois que tu as raison. Tiens, rien que d'en parler, je sens comme un petit creux. Tu te rappelles ces pommes de terre au four l'autre jour ?

– Oui, je me rappelle. Tu en as pris sept fois. Tu m'as fait honte !

– Je t'ai fait honte ! Pauv' petit Pié, va. Eh bien tu apprendras que les cuisinières apprécient qu'on finisse leur plat. Ça les honore.

– Elles apprécient aussi qu'on mange proprement. Ça les honore.

– Imbécile !

– Toi-même !

Ils adorent faire semblant de se quereller. Ça distrait mieux que les compliments. Pendant qu'ils échangent leurs amabilités, un brouillard épais s'est levé sur la campagne. On distingue à peine la ligne des arbres dans le bois voisin. Ils continuent un peu à travers un vaste champ où le maïs a déjà été récolté, mais Cornebique en a vite assez.

– On va s'arrêter, Pié, j'y vois plus rien et j'ai pas envie de me tordre les chevilles sur les souches. On en profitera pour manger un morceau.

Ils s'assoient par terre. Le temps de déballer leurs provisions et ils ne voient même plus leurs mains !

– Bigre ! jure Cornebique. Tu as déjà vu une purée de pois pareille ?

– Je ne sais pas. Qui êtes-vous, monsieur ? Je ne vous connais pas… Voyons : ce long museau, ces poils… Vous ne seriez pas un yack du Tibet, par hasard ?

– Fais pas l'idiot. Et arrête de me tripoter la barbe. J'ai mon couteau dans la main, tu risques de te couper.

Ils mangent en aveugles et rigolent de leur maladresse. À la fin du repas, le brouillard est plus épais que jamais. Ils baignent dans une brume cotonneuse et humide qui assourdit la voix et donne le tournis.

Pié saute de l'épaule de Cornebique.

– Où tu vas ?

– Mettre une lettre à la poste.

– Compris. Ne t'éloigne pas trop.

Pié ne dit jamais qu'il va faire ses besoins. Il dit qu'il va « mettre une lettre à la poste ». Ou bien, pour changer, quelquefois, qu'il va « faire quelque chose que personne ne peut faire à sa place »…

Cornebique rentre le cou dans sa veste et se recroqueville, genoux entre les bras. Saleté de temps ! Est-ce le silence qui l'enveloppe maintenant, ou cette brume qui le rend mélancolique ? Le voilà au pays des Boucs. Des silhouettes se dessinent. Mais celle qui lui apparaît d'abord ne s'appelle pas Cornebiquette. Pour la première fois, c'en est une autre. Elle s'avance clopin-clopant. Elle a une patte folle, comme on dit. Quand elle marche, ça tangue, ça se dandine, ça s'en va sur le côté. Certains disent qu'elle est bancale, mais c'est faux. Au contraire, pense Cornebique, ça lui donne un charme particulier. Blanchebicoune…

Que vient-elle claudiquer là, dans ses souvenirs ? Elle lui sourit tendrement. Que se passe-t-il ? Il tressaille. Cornebique, oh, Cornebique, bougre d'âne ! L'autre avec ses yeux dorés t'a tellement tourné la tête que tu n'as rien su voir : Blanchebicoune depuis toujours si gentille, Blanchebicoune qui t'apporte un verre entre les chansons… Maintenant qu'il y pense, il la revoit partout, sur la place, à la salle commune… Il l'entend qui lui demande, un soir d'été :

– On va ramasser les poires, Cornebique ?

Et il s'entend répondre, dédaigneux :

– Une autre fois, Blanchebicoune…

Oh, vieil âne ! Vieil âne que tu es ! Elle t'a espéré pendant des années et toi, tu n'en avais que pour l'autre. L'autre qui s'est bien fiché de toi, d'ailleurs ! Il soupire. Il s'en cogne la tête contre les genoux. Voilà où il en est, maintenant ! S'il avait su, il serait sagement resté au village. Il aurait fini par oublier son chagrin. L'amour pour Blanchebicoune lui serait venu. Une autre sorte d'amour. Celui qui prend son temps, qui console de tout et ne vous arrache pas le cœur… Et à cette heure, ils seraient bien au chaud tous les deux dans leur maison. Elle préparerait dans la casserole un chocolat pour leurs enfants, pendant qu'il étalerait le beurre sur les tartines… Au lieu de ça, il court le monde comme un vagabond, avec pour seul ami un Loir qui lui mord les oreilles et dort sept mois de l'année ! Il en pleurerait !

Où il est passé, au fait, cet énergumène ? Ah oui, il est parti au petit coin…

– Pié ! Où en es-tu ? Ça se passe comme tu veux ?

– …

– Pié, réponds-moi…

Le silence lui vrille l'estomac.

– Pié !

Il se lève et marche devant lui, les bras tendus. Ce n'est pas la nuit noire, mais la blanche, plus effrayante que l'autre. Des poussières de brouillard, étincelantes et glacées, lui entrent dans les yeux, les narines. Il se rappelle soudain avoir entendu, au milieu de sa rêverie, un petit cri étouffé. Il a mis ça sur le compte des efforts de Pié pour… poster sa lettre. Et si c'était autre chose, bon sang de bois ! Quelle autre chose, Cornebique ? À quoi penses-tu ? Un appel au secours empêché par une main qui se plaque sur la bouche ? Une main de Griffue ? Un appel au secours auquel tu n'as pas répondu, perdu dans tes rêves de tartines et de chocolat ? Tu t'affoles pour un rien… Quand Pié fait sa grosse commission, ça peut durer très longtemps. Et il te joue sans doute une blague de plus, il se sera caché…

– Pié !

Il a crié trop fort. Sa propre voix le panique. Il bute sur une souche de maïs et tombe à quatre pattes.

Se relève. Trouve un arbre et s'y arrime comme un homme qui a trop bu.

— Pié ! Réponds-moi !

Les minutes passent. Les heures. Il titube d'arbre en arbre, même pas fichu de revenir à son sac abandonné au milieu du champ. La nuit vient. Le noir remplace le blanc.

— Pié ! Où es-tu ?

Il se gèle. Sa couverture lui manque. C'est la pire nuit de sa vie et quand le jour se lève enfin, il lui semble sortir d'un cauchemar interminable. Le brouillard s'est un peu dissipé. Il erre dans le champ pendant une heure avant de retrouver son sac. Il l'ouvre, fébrile. Des fois que Pié serait revenu se mettre au chaud dedans. Non, il n'y est pas.

— Pié !

Il fouille les environs, trouve le « courrier », bien posté. Il cherche des traces de lutte. Quelle lutte ? Une lutte entre le petit Pié et quatre Fouines ? Il leur aura suffi de le bâillonner pour le faire taire et l'emporter. C'est à peine s'il aura gigoté. Au mieux il aura mordillé un doigt pour se défendre. Des larmes de rage lui viennent aux yeux.

— Pié !

Il appelle encore pour se faire croire que tout n'est pas fini. Pour repousser le moment où il devra admettre que le pire est arrivé. Il passe toute la matinée à sillonner le champ et les abords du bois. Il n'arrive pas à partir. Un paysan rassemble des broussailles

avec sa fourche un peu plus loin et les fait brûler.
Cornebique s'approche. L'homme a l'air d'un brave
type :

– Approchez-vous. Vous êtes frigorifié.

Cornebique se rend compte qu'il grelotte. Il s'approche et tend ses mains vers les flammes. Le paysan
le regarde avec curiosité :

– Vous avez perdu quelque chose ?

– Oui… Vous n'auriez pas vu des Griffues dans le
secteur par hasard ?

– Des Garces ? Non, j'en ai pas vu…

Le feu crépite et lance des étincelles brûlantes
dans l'air glacé.

– Et un… une sorte de petit Loir avec un pantalon à bretelles ? Non plus ?

L'homme secoue la tête :

– Non plus… Vous l'avez perdu ?

La chaleur des flammes pénètre les vieux os de
Cornebique, les réchauffe. Il se sent bien pour la première fois depuis la veille et il choisit ce moment
pour prononcer les mots qui conviennent :

– Oui, je l'ai perdu…

Et il se met à sangloter. Ça le secoue de haut en
bas. Il ne se cache pas. Les larmes lui dégoulinent sur
les joues, il ne les essuie pas. L'homme ne sait plus
que dire :

– Allons, ne vous mettez pas dans cet état ! Un
grand garçon comme vous ! Vous le retrouverez
bien…

Cornebique renifle, se mouche, remercie l'homme et s'en va.

Dans les jours qui suivent, il interroge sans répit tous ceux qu'il croise : « Vous n'auriez pas vu… ? Est-ce que par hasard vous auriez aperçu… ? » Les gens se frottent le menton, plissent les yeux pour mieux réfléchir, mais la réponse qui tombe est toujours la même, désespérante : « Non, ça ne me dit rien… Non, je n'ai pas vu ça… »

Il remercie et continue sa route. Le monde entier est peuplé de gens qui secouent la tête en disant qu'ils n'ont rien vu.

Pié n'est plus là et Cornebique marche avec son absence sur l'épaule, son manque. Il est chargé d'un courant d'air ! Quand il met la main à la poche droite de sa veste, ses doigts ne caressent qu'une chaussette. C'est normal : à l'automne, Pié dort dans son balluchon, sous la chemise, contre son ventre… Il cherche : le ventre est plat, le balluchon est vide… Pié n'est plus là. En quelle langue faut-il te le dire, grand benêt ? Quand tu as fait signe à la pauvre Margie que tu te chargeais du petit, tu aurais mieux fait de lui dire la vérité : non, désolé, j'en suis incapable, je suis un pauvre Bouc minable tout juste bon à chanter faux, debout sur une botte de paille. Je le perdrais à la première occasion ! Autant le livrer tout de suite aux Griffues ! Voilà ce que tu aurais dû lui dire, à Margie. Mais tu as voulu jouer les héros, rouler les mécaniques… Tu ne fais pas le poids, Cornebique. Tu n'as pas les épaules…

Il se giflerait. Il se déteste. Il est écœuré de détresse…

Sa seule consolation, minuscule, la voici : d'ici quelques jours, le petit Pié va s'endormir. Elles n'y pourront rien, les Fouines. Elles ne seront pas de taille à lutter contre les fines paupières qui tombent, qui se ferment, qui disent : « Au revoir, mesdames, je vous salue bien, rendez-vous au printemps si vous avez la patience… »

Chapitre 11

L'hiver s'annonce rude ! La température baisse et le moral ne vole pas haut. D'abord, il a décidé de rentrer à la maison, Cornebique. Allez, zou ! Ça suffit ! La plaisanterie a assez duré ! Il a fait ce qu'il a pu, après tout. Sans lui, Pié n'aurait même pas eu le temps de pointer le museau au bord de sa chaussette, elles lui seraient tombées dessus illico, les Fouines. Il l'a recueilli, il l'a protégé du froid, de la faim, de la peur, il l'a couvé sur son ventre pendant quatre automnes et quatre hivers. Qui dit mieux ? Elles ne vont pas le manger, d'ailleurs, les Griffues ! Au contraire, elles vont le traiter comme le roi d'Espagne. Elles vont lui amener, toute prête à câliner, une jolie petite camarade. Elles vont les bichonner tous les deux pour qu'ils bricolent une portée de beaux lérots bien grassouillets ! Proposez-lui la même chose, à Cornebique ! Gavez-le de soupe aux choux et apportez-lui Blanchebicoune sur un plateau : vous verrez s'il dit non ! Blanchebicoune… Avec un peu de chance, elle l'aura attendu. On peut toujours rêver… En tout cas, c'est décidé, il va se dépêcher de rentrer au bercail. Et une fois là-bas, il sautera dans ses pantoufles comme si rien ne s'était passé. Et si on lui demande ce qu'il a fichu tout ce temps, il dira qu'il avait envie de voir du pays ! Voilà.

À force de se les répéter, il finirait presque par croire à ses propres mensonges… Il chemine dix jours, comme ça, la tête dans les épaules, buté. Quelquefois, il lui semble entendre la voix de Pié à son oreille :

– Pourquoi tu m'as pas défendu ? Tu étais à trois mètres… Je t'ai appelé…

Alors il devient fou et se met à galoper droit devant lui, franchissant les ruisseaux, s'écorchant dans les taillis, et il ne s'arrête qu'à bout de forces, quand ses jambes ne le portent plus. Il dort n'importe où, là où la fatigue le jette, dans un fossé, quelques heures et il se remet en route aussitôt réveillé, qu'il fasse jour ou nuit. Il s'étourdit d'espace, de courses.

Un jour, et pour la première fois depuis qu'il a quitté son village, il mendie du pain dans une ferme… Il ne propose pas de donner un coup de main ni de jouer un petit air. Il bredouille juste :

– Vous n'auriez pas un bout de pain dur qui resterait… ?

La fermière le détaille de la tête aux pieds et il se sent rougir. Son pantalon est déchiré aux genoux et la toile lui pendouille sur le tibia. Et surtout il a négligé le savon ces derniers temps ! Ses joues se sont creusées. Bientôt il fera peur… En grignotant son quignon, le soir, il se rappelle le temps où il cuisinait des omelettes aux champignons sur son feu de bois. Il est moins fier, maintenant, notre Cornebique !

C'est dans ce triste état qu'il fait la connaissance de Lem. D'accord, d'accord : on peut rêver mieux comme compagnon, mais quand on n'a pas le choix… Tendez une gourde d'eau fraîche à un assoiffé du désert, il ne vous réclamera pas une rondelle de citron ! Cornebique rencontre Lem, donc. Et voilà comment ça arrive :

C'est l'après-midi. Par beau froid. Il clopine laborieusement sur une interminable ligne droite. Sa cheville gauche est enflée et le fait souffrir, si bien qu'il doit s'arrêter souvent pour la soulager un peu. Il est justement en train de la masser, assis sur un talus, quand il lui semble entendre, venu de loin, un bruit de casseroles. Une silhouette se dessine, là-bas, au bout. C'est un type qui tire une charrette à bras sans doute remplie de grelots ou de clochettes vu le tintamarre ! Cornebique, qui n'aime pas être suivi quand il marche, décide d'attendre là et de se laisser doubler. Ça lui donnera l'occasion de découvrir la tête de cet original. Il n'est pas déçu :

Le bonhomme est un vieux Coq maigre comme

un vélo, au moins aussi grand que Cornebique. Ses habits rapiécés ne valent guère mieux que les siens, sa crête pendouille sur le côté, tristounette, et, à sa trogne épanouie, on devine qu'il n'est pas un grand amateur d'eau minérale. Arrivé à la hauteur de Cornebique, il lance, jovial :

– Des soucis, capitaine ?

Sur une pancarte de bois accrochée à la ridelle, au-dessus de la roue, on a l'impression qu'un droitier a écrit de la main gauche :

Docteur LEM
guérisons en tous genre (diplômé)

Ce ne sont pas des grelots qui font tout ce tin-touin, mais des dizaines de fioles qui s'entrechoquent dans la charrette, dingueding. Il y en a de toutes les tailles, de toutes les formes, de toutes les couleurs.

– Je peux vous être utile ?

– Bof, je pense pas, bougonne Cornebique.

– Vous êtes sûr ? Allez… On souffre toujours de quelque chose, même si on sent rien. Je dirais même surtout si on sent rien ! Voyons : brûlures d'esto-maque, rage de dents, dégradation de la rate, ballon-nements… Rien de tout ça ? Langue râpeuse, verrue palantaire, inflammation du cervelet… Arrêtez-moi quand je tombe dessus, hein, n'hésitez pas ! Déplacement du sesternum, gonflement des organes, flatulences… Toujours pas ? Ah, je vois : on fait dans la maladie rare… Péritonite de la fesse ? Mycose galopante ? Disparition de l'oskiput ? Douleur à la cheville gauche ?…

– Pardon, l'interrompt Cornebique qui commence à rigoler, vous avez dit quoi en dernier ?

– Douleur à la cheville gauche…

– Ça oui, je peux dire que je déguste ! Comment vous avez trouvé ?

– Comment j'ai trouvé ! s'indigne le grand Coq. Si vous saviez lire, monsieur, vous auriez noté la parenthèse sur la pancarte, même si, par pure modestie, je l'ai écrite en plus petit. Ainsi donc vous souffrez de la cheville gauche. Voyons, j'ai ici un médicament… Ah non, j'allais commettre une erreur fatale, celui-ci est réservé exclusivement aux chevilles droites ! Cheville gauche… Cheville gauche… Voilà, je l'ai ! Tenez : vous allez boire avant chaque repas quelques gouttes de cette merveille. Vous doserez dans la capsule. Continuez le traitement et d'ici trois jours vous bondirez comme un jeune lapin en criant : « Merci docteur Lem ! Vive le docteur Lem ! »

Cornebique éclate de rire, ce qui ne lui était plus arrivé depuis deux semaines. Qu'est-ce que ça fait du bien ! Il en ressent un tel bien-être qu'il en pleurerait presque.

Ils font la route ensemble. Dès qu'il veut bien arrêter ses boniments, Lem est un charmant camarade. De temps en temps, il tire une petite bouteille plate de sa veste crasseuse et se jette une rasade derrière la cravate. Cornebique y met le nez une fois mais pas deux. Ça brûle comme du feu ! Lem rigole de le voir virer à l'écarlate, tousser, cracher et se frapper la poitrine :

– J'aurais dû te prévenir, mon garçon, c'est pour grandes personnes…

Il en a toute une réserve dans un tonnelet bien caché au fond de la charrette.

Le soir, il invite Cornebique à partager son repas :

– Si ça te dit, j'ai un reste de gâteau aux noix qu'on m'a donné hier, et puis c'est la saison des châtaignes, on pourra s'en faire griller quelques-unes ! J'ai même du café ! Repose-toi, je m'occupe de tout !

Cornebique ne refuse pas. Pendant que Lem prépare le repas, il va se savonner dans un ruisseau. Maintenant qu'il a de la compagnie, il préfère éviter de puer comme un blaireau. Demain, s'il fait beau, il lavera tous ses vêtements. Ça suffit, la cloche !

Un peu plus tard, ils sirotent leur café auprès du feu, le ventre bien rempli.

– Zut ! bâille Cornebique, j'ai oublié de prendre le médicament !

– Pas grave, le rassure Lem en passant la langue sur son papier à cigarette, tu en prendras deux capsules demain matin pour rattraper…

– Au fait, hasarde Cornebique après un long silence, qu'est-ce qui t'a mis sur la route, toi ?

Lem pousse un long soupire et se tait.

– Pardon, s'excuse Cornebique, je suis indiscret, je…

– C'est pas ça… Je te dirais volontiers pourquoi je suis parti, seulement…

– Seulement ?

– Seulement, j'en sais plus rien… Je sais plus… je te jure. Je l'ai su pourtant, mais depuis quelques années, rien à faire : j'arrive plus à retrouver le fil… J'avais mes raisons sans doute, mais lesquelles ? Et puis, même si je voulais rentrer, je pourrais pas : je sais plus où j'habite ! Je sais plus rien d'ailleurs… À part que je m'appelle Lem… parce que c'est marqué sur ma blague à tabac… Sinon j'ai tout oublié… C'est tout parti : ftt ! Asmatique, ça s'appelle…

– Amnésique, le corrige Cornebique.

– Ouais, amésique, comme tu dis. Ma caboche, elle ressemble à une passoire, tu vois. Y'a des trucs qui passent à travers et d'autres qui restent. On peut pas prévoir lesquels…

– Fichtre ! Tu veux dire que demain par exemple, quand on se réveillera, tu m'auras peut-être oublié et tu me demanderas qui je suis ?

– Possible. Pas certain…

– Mais alors, comment tu fais pour retenir tous tes médicaments ? Tu dois les confondre !

– Aucun risque ! Il y a exactement la même chose dans toutes mes fioles : de l'eau, un peu de miel pour la douceur et une demi-goutte de mon tord-boyaux, là, pour relever.

– Ah… Tu serais une sorte d'escroc, si on veut…

– Escroc ? Holà, monsieur Cornebique, comme vous y allez ! Figure-toi que j'obtiens beaucoup de guérisons… Au fait, comment va ta cheville ?

– Mieux… Mais j'ai pas pris ton remède…

– D'accord, mais tu l'as reniflé tout à l'heure. Ça peut suffire dans certains cas…

Cornebique, dos à la flamme, s'assoupit lentement. Il va sombrer quand Lem lui retourne sa question :

– Et toi, mon vieux, qu'est-ce qui t'a jeté sur la route ?

Il hésite quelques secondes, puis il se lance. Après tout, pourquoi ne pas dire la vérité à ce brave Coq ? Ça entrera par une oreille et ressortira par l'autre. Et de toute façon, ils vont se séparer dès demain, alors… Il prend une profonde inspiration et il raconte tout : les yeux étoilés de Cornebiquette, son grand amour pour elle, ses rêves d'avenir. Lem, assis près de lui, l'écoute en hochant la tête. De temps en temps, il lâche des petits hm, hm, qui veulent dire : « Je t'écoute, mon ami, je te comprends… » Cornebique raconte le lavoir, Bique-en-Borne, les illusions perdues. C'est la première fois qu'il livre le secret de son cœur. Même à Pié il ne l'avait jamais dit comme ça. Au bout de l'histoire, il conclut tristement :

– Et voilà comment j'ai quitté le village, au petit jour. Je n'y suis jamais revenu. Tu me trouves bête, hein ?

Non, Lem ne le trouve pas bête. Il ne trouve rien

du tout. Il dort profondément ! Depuis le début, sans doute, puisqu'il continue à pousser dans le silence ses hm, hm approbateurs. Cornebique le prend délicatement aux épaules et l'allonge sur la couverture. Il lui jette une veste dessus :

– Bonne nuit, docteur Lem. Faites de beaux rêves.

Puis il se couche à son tour et tâche de dormir. Sa dernière pensée va tout de même à Pié. Où es-tu, mon petit bonhomme ? Elles ne te font pas de mal, au moins ?

Chapitre 12

Bonne surprise le lendemain : Lem n'a rien oublié de la soirée ! Les châtaignes, le café bu ensemble, la cigarette partagée, il se souvient de tout. Allons, la passoire n'est pas si trouée que ça ! se dit Cornebique. Hélas, il constate bientôt qu'il se trompe. Au milieu de la matinée, alors qu'il marche le premier sur le chemin, il n'entend soudain plus le raffut de la charrette derrière lui. Il s'arrête et se retourne. Lem est immobile et l'observe, le front plissé :

– Dis donc, tu boiterais pas un peu de la patte gauche, toi ?

Cornebique est stupéfait :

– Ben… si ! Tu le sais bien, on en a parlé hier…

– Non. Tu m'as rien dit !

– Mais si, rappelle-toi, j'ai la cheville gauche enflée…

– Ah bon ? Et je t'ai proposé un médicament ?

– Oui…

– Et tu l'as pris ?

– Non…

– Pourquoi pas ?

– Tu m'as expliqué toi-même que c'était de l'arnaque, Lem !

Lem ne se souvient de rien. C'est passé dans les trous, comme il dit.

Ils ne se séparent pas du tout ce matin-là, comme l'imaginait Cornebique, ni le lendemain, ni les jours qui suivent. Chacun y trouve son compte sans doute. Cornebique n'hésite pas à tirer la charrette quand sa cheville le laisse en paix. Il y jette son sac. Ça fait ça de moins à porter. Il se remet au banjo, aussi, qu'il avait délaissé depuis quelque temps. Lem, lui, cuisine comme un chef et montre toujours la même bonne humeur. D'après lui, c'est grâce à son absence de mémoire, sa « ramenez-y », là. Il ne se rappelle que les bonnes choses, alors forcément ! Bref, au bout d'une semaine, ils sont copains comme cochons. Surtout qu'ils ont mis au point une stratégie très efficace pour grappiller quelques sous dans les bourgades qu'ils traversent. C'est Lem qui a eu l'idée :

– Voilà, tu te mets au milieu de la place, tu sors ta mandoline…

– Mon banjo, Lem, c'est un banjo.

– … oui, ton banjo, et tu en pousses une ou deux, des bien dansantes, pour les égayer. Moi, pendant ce temps, je passe le chapeau et j'en profite pour observer mes pigeons, euh… mes clients. Fais-moi confiance, j'ai l'œil pour repérer leurs bobos. Tiens : un jour je me pointe dans un patelin, ils étaient tous pliés en deux par la colique. Je me mets à brailler : « Le docteur Lem au village – la courante déménage ! » J'ai vendu tout mon stock ! Bon, revenons à ma méthode : dès que tu as rangé ton clairon…

– Mon banjo, Lem…

– Oui, ton banjo… Excuse, j'y connais rien en musique… Dès que tu as rangé ton instrument, donc, je passe à l'action avec mes fioles. C'est bien le diable si j'en vends pas une douzaine !

La méthode s'avère excellente. Ils font un tabac, surtout Cornebique qu'on applaudit à s'en faire rougir les mains. On lui lance des titres :

– Vous connaissez *Going down that road* ?

Tu parles qu'il connaît. Il les connaît toutes ! Après le concert, on lui tape sur l'épaule, on le félicite :

– Vous en faites votre métier ?

– Non, pas vraiment…

– Vous pourriez !

Il reste modeste sous les compliments :

– Ouais, il paraît. On m'a déjà dit ça…

Avant que les gens ne se dispersent, Lem déboule avec sa charrette bringuebalante. Il agite une clochette et commence ses boniments :

– Mesdames et messieurs, votre attention s'il vous plaît ! C'est le docteur Lem qui vous parle ! Oui, le docteur Lem en personne ! En tournée exceptionnelle dans votre petite localité, je vous apporte les dernières avancées de la médecine urbaine, ding, ding (clochette) ! Je dispose ici dans ce laboratoire itinérant, boum ! (coup de poing sur la ridelle de la charrette) de quoi soigner ce qui vous fait injustement souffrir : brûlures d'estomaque, rages de dents, dégradation de la rate, ballonnements… ding, ding (clochette). Profitez de cette occasion unique, car demain je serai loin. Je traite avec succès toutes les infections : langue râpeuse, verrue palantaire, inflammation du cervelet, déplacement du sesternum, gonflement des organes, flatulences… ding, ding (clochette). Approchez, approchez ! Et n'hésitez pas à m'interrompre ! Péritonite de la fesse ! Mycose galopante ! Disparition de l'oskiput… !

C'est là en général que Lem place sa botte secrète. Il fait comme les pêcheurs : je repère le poisson, je l'appâte et je ferre ! Pendant que Cornebique donnait son récital, il a remarqué dans le public un petit doigt tordu :

– Déviation de l'orticulaire !

Ou bien un abcès à la joue :

– Intrumescence de la joue droite !

Il est bien rare que la personne concernée ne s'approche pas. Quand on souffre, on n'est guère regardant sur les remèdes.

Seul inconvénient : il faut décamper dare-dare une fois qu'il a fourgué son breuvage. Ses patients se rendent vite compte qu'il leur a refilé à tous la même bibine, qu'ils aient un cor au pied ou un rhume de cerveau. Mais Cornebique est habitué depuis longtemps à ne pas amuser le plancher. Déjà, avec Pié, il passait rarement trois nuits au même endroit... Il leur arrive plus d'une fois de s'enfuir, pourchassés par une dizaine de villageois armés de fourches. Dans ces cas-là, Cornebique assoit Lem au milieu des fioles et c'est lui qui cavale à grandes enjambées devant la charrette. Ainsi, Lem évite de recevoir une raclée, ce qui lui arrivait plus souvent qu'à son tour autrefois, à plus forte raison quand il revenait dès le lendemain, par erreur, dans le village même où on l'avait rossé la veille !

Un soir, le bon docteur n'arrive pas à dormir. Il se tortille comme un asticot sous sa couverture :

– Saleté de café ! Je l'ai trop serré tout à l'heure et maintenant j'ai le palpitant qui s'affole... Je suis pas près de roupiller...

Cornebique sait comment emmener son camarade au pays des rêves, il en a fait l'amusante expérience quelques jours plus tôt :

– Tu veux que je te raconte une histoire ?

– Oh oui, bonne idée ! J'adore les histoires. Elle est pas trop triste au moins ?

– Bof, y'a pour rire et pour pleurer.

– D'accord, vas-y. Je reste allongé, ça te dérange pas ?

— Fais comme tu veux.

Cornebique est assis tout près de lui. Il finit de rouler sa cigarette, l'allume à une braise et commence :

— Bon, c'est l'histoire d'un grand Bouc pas très futé qui marche tout seul dans une plaine immense. Il a rien mangé depuis quatre jours et il a drôlement les crocs. Il a quitté son village à cause de… disons… je sais pas. Il a quitté son village pour toujours en tout cas.

— À cause d'un chagrin d'amour… propose Lem dont la voix faiblit déjà.

— Si tu veux. À cause d'un chagrin d'amour. Bon. Le vent souffle fort. Dans le ciel, il y a des corbeaux qui font croâ, croâ et une cigogne qui bataille dans les bourrasques. Elle tient un balluchon dans son bec. Elle l'échappe. Et il tombe où ça, le balluchon ? Pile dans les bras du grand Bouc ! Bon, c'est une histoire, hein, on peut exagérer… Dans le balluchon, il y a un mot qui dit… Tu dors, Lem ?

— Hmm… non non… je t'écoute…

— Bon. Sur le mot il est écrit : *À celui qui trouvera le paquet*, et…

À mesure que Cornebique raconte, Lem s'arrête de gigoter, il s'apaise. Et quand il commence à ronflotter, Cornebique ne s'en offusque pas. Il continue et s'anime :

— … pendant ce temps la cigogne s'impatiente : « Dis, tu le prends ou tu le prends pas, ce balluchon ? Tu le prends pas bien sûr ! Tu as bien trop les pétoches ! » Alors qu'est-ce qu'il fait le grand Bouc ? Il gonfle ses biscoteaux : « Les pétoches ? Moi ? Ah, ah, ah ! Un peu que je le prends, le petit ! Et qu'elles y viennent, les Griffues ! Je leur enseignerai la navigation, moi ! »

Il raconte tout : le petit Pié sur son ventre, le petit Pié sur son épaule, le petit Pié qui lui mordille l'oreille, qui se frotte les yeux à l'automne, qui les ouvre sur lui au printemps : salut Cornebique ! Il raconte leurs fuites, leurs querelles, leurs rigolades. Il raconte les hivers trop longs et les étés trop courts. Il se marre en refaisant la Grande Course :

— Je te jure, Lem, ce petit goret numéro 24, je me suis bousillé la main sur son groin, prratch !

Il pleure comme un crocodile en revivant la perte de son petit camarade :

— C'était pas du brouillard, Lem, c'était de la semoule ! Et j'ai passé toute la nuit à le chercher, à l'appeler. J'oublierai jamais. Au matin, j'ai juste retrouvé une petite crotte de lui. J'allais quand même pas l'emporter en souvenir !

Il rit et il pleure à la fois.

— Je te l'ai dit, Lem : pour rire et pour pleurer…

Il se calme enfin. Le feu s'est éteint. La nuit est noire. À côté de lui, Lem dort, silencieux. Décidément, pense Cornebique, se rappelant ses longs monologues avec Pié endormi, décidément : ce que j'aurai dit de mieux dans ma vie, c'est à des gens qui pioncent !

Il s'allonge contre Lem, dos à dos, pour qu'ils se tiennent chaud. Bonne nuit, docteur, faites de beaux rêves. Il va sombrer dans le sommeil quand une voix ensommeillée bredouille :

– … faut aller le chercher…

Il sursaute :

– Tu as parlé, Lem ?

– Oui.

– Et tu as dit ?

– Il faut aller le chercher, ton petit Piou, là. Et la petiote aussi. On va quand même pas les laisser aux griffes de ces péteuses…

Chapitre 13

Les quelques mots bredouillés par Lem ont ébranlé Cornebique. En réalité, il n'attendait que ça, il s'en rend compte maintenant. Qu'on lui dise : « Allez, arrête de couiner, mon gars, et bouge-toi le derrière ! » Une flamme vient de s'allumer dans le noir de ses ténèbres. Il se réchauffe à cet espoir insensé : aller sur place, chez les Griffues, et reprendre le petit Pié ! Son imagination s'emballe et il n'en dort pas de la nuit : tantôt il les envoie valdinguer à grands coups de cornes et, une fois le terrain dégagé, il repart tranquillement, Pié sous le bras. Tantôt il se glisse, plus silencieux qu'un Indien sioux, près du lit où le petit dort, et il l'emporte par la fenêtre. Tantôt il se dresse, torse bombé, devant une centaine de Fouines stupéfaites et il rugit d'une voix terrible : « Maintenant ça suffit, les danseuses ! Ce gosse est à moi ! Vous entendez, à moi ! Alors vous allez vous manier le train et me le rendre bien gentiment, en bonnes fifilles que vous êtes, sinon… » Là il change de ton et murmure, blême de colère : « … sinon je vais être très fâché. » Il le répète en détachant bien les mots : « très… très… fâché. » Elles se concertent, tremblantes, puis l'une d'elles apporte Pié dans ses bras et le lui rend : « Excusez-nous, nous ne savions pas que vous y teniez à ce point… Voilà la petite aussi. Emportez donc les deux. Vous prendrez bien quelque chose avant de nous quitter… Une tasse de thé ? Des gâteaux secs ? »

Au matin, la fraîcheur de l'air et la lumière du jour le dessaoulent un peu, mais la fragile lueur d'espoir ne s'est pas éteinte. À côté de lui, Lem s'étire, bâille, se gratte. Si ça se trouve, il a tout oublié, lui, depuis hier. Voyons un peu :

– Bien dormi, Lem ? Qu'est-ce que tu me racontes de beau ?

– … faut aller le chercher, je te dis !

Ils sont bien d'accord, donc. Et pendant toute la journée, la conversation va bon train. Lem est carrément survolté. Un peu trop, au goût de Cornebique qui tâche en vain de lui expliquer que leur mission pourrait comporter certains risques. Mais Lem balaie tous ses arguments :

– Écoute-moi, Cornebique, tu prétends qu'elles te connaissent et qu'elles te choperont dès que tu pointeras ton museau là-bas. Faux ! Puisqu'elles ne te reconnaîtront pas, bougre d'imbécile ! Regarde-toi : tu es maigre, tu as une grande barbiche et tu joues du piano…

— Du banjo, Lem…

— Je t'en prie ! Je ne t'ai pas interrompu ! Bon. Si tu mets un coussin sous ta veste pour l'embonpoint, que tu tailles ta barbe, et que tu planques ton clairon sous ma charrette, je les défie de te reconnaître. Tu deviens un Bouc entre les milliers d'autres Boucs existants. Vous êtes des milliers, non, dans ton pays ?

— Au moins…

— Eh ben dis donc, j'espère que les autres sont moins froussards que toi !

— Très bien, Lem. Imaginons qu'elles ne me reconnaissent pas…

— Elles ne te reconnaîtront pas ! Tiens, je te ferai passer pour mon second, un assistant que je formerais… Qu'est-ce qui te fait rire ?

— Rien… Donc elles ne me reconnaissent pas… je suis ton assistant… nous voyageons dans le pays, n'est-ce pas ? Et après ? Comment vois-tu la suite des événements ? Ah ! Ça se complique, là, monsieur pas-de-problème !

— Ça se complique rien du tout ! Un : on se débrouille pour localiser les petits. Deux : on les enlève. Trois : on décanille…

— On décanille… Mon pauvre Lem ! Ta naïveté me sidère. Alors écoute-moi à ton tour s'il te plaît. Il y a une petite différence entre toi et moi. Oh, pas

109

bien grande, mais tout de même… Les Griffues, monsieur le docteur, je les ai eues aux fesses, moi. Elles m'ont coursé plusieurs kilomètres et si j'avais pas réussi un coup de bluff à un contre mille, elles me plantaient leurs crocs dans la couenne. Or, sans vouloir t'offenser, j'estime courir à peu près sept fois plus vite que toi. On décanille ! Ah, ah, ah ! Laisse-moi rire… Deuxièmement, monsieur le professeur : les Griffues, je les ai vues de très près, de trop près. Quand elles te fixent avec leurs yeux jaunes, tu peux jouer les matamores pour la galerie, mais en réalité t'es pas loin de faire dans ta culotte, qui que tu sois, diplômé ou non. Sache-le, Lem !

– D'accord. J'ai compris. Mais vous faites des phrases beaucoup trop longues, monsieur Cornebique. Trois mots auraient suffi pour dire la même chose…

– Trois mots ?

– Oui : « J'ai – les – craquettes ». Un, deux, trois, c'est bien ça…

Long silence. Puis Cornebique explose :

– Les craquettes ! Mais bien sûr que je les ai ! Bon Dieu, Lem, il faut être fou pour ne pas les avoir ! Essaie de comprendre ! Et arrête de siffloter, nom d'un chien !

Pendant les jours qui suivent, mine de rien, ils tâchent de se renseigner sur les Griffues auprès des gens qu'ils rencontrent. Plus ils en sauront sur elles, mieux ils pourront les affronter. Voici ce qu'ils apprennent au fil de leur enquête :

Les Fouines vivent, paraît-il, retirées dans une région montagneuse difficile d'accès mais très jolie à regarder. C'est appréciable ! Après tout, s'ils doivent y laisser leur peau, autant que ce soit dans un décor plaisant. Ensuite, on raconte qu'elles obéissent les yeux fermés à une sorte de Griffue Supérieure qu'elles nomment affectueusement « Grand-Mère ». Cette Fouine rassemblerait dans son unique personne la cruauté de toutes les autres réunies. Un concentré en somme. Ça laisse songeur, non ? Grand-Mère… Cornebique a déjà entendu ce nom-là. La voix acidulée de Pearl lui revient en mémoire : « Très embêtant. Et Grand-Mère ne va pas être contente… » Enfin, dernière information : la résidence de cette charmante Grand-Mère se trouverait dans une grande et belle cité de pierre, mais peu d'étrangers y ont mis les pieds.

Voilà. Ils n'en savent pas davantage tandis qu'ils cheminent vers l'ouest. C'est un peu maigre…

Peu à peu, Cornebique reconnaît des paysages qu'il a traversés autrefois, dans l'autre sens : un champ de pierres, un mur écroulé à l'abri duquel il a dormi… Il retrouve même le ruisseau où il a catapulté Pearl et Flesh à l'époque. Revoir ces endroits connus lui chatouille l'abdomen : il suffirait qu'il continue tout droit quelques jours encore et il se retrouverait parmi les siens, au pays des Boucs ! Est-ce qu'il les reverra un jour ? Rien n'est moins sûr… Quelquefois, il est tout près de flancher. Il a envie de prendre Lem entre quatre z'yeux et de lui dire la vérité : ils ne possèdent pas une chance sur mille de réussir. Ce qu'ils sont ? Deux agneaux bêlants qui marchent vers le loup... Mais dès qu'il ouvre la bouche pour le faire, Lem lui cloue le bec :

– Tu réfléchis trop, Cornebique, tu vas te faire péter les tuyaux de la tête, à force !

Ce vieux Coq décati a le chic pour le faire rire et le rassurer. Lui-même ne doute pas une seconde du succès de leur entreprise ! Par inconscience, hélas...

Ils avancent maintenant dans l'interminable plaine. Rien n'a changé. Le même vent, venu du même nord, leur glace les os. Les mêmes corbeaux croassent sous les mêmes nuages. Apparemment, ils n'ont rien trouvé de plus intéressant à faire depuis la dernière fois. Oh, les garçons, vous ne vous ennuyez pas trop ?

Un matin, ils distinguent à l'horizon la silhouette tourmentée d'une montagne, plein sud. Lem pointe son doigt, tout excité :

– C'est là. Dans trois heures on y est !

Ils obliquent aussitôt et continuent leur route, poussés par le vent. Le tintement des bouteilles dans la charrette les accompagne, dingueding, dingueding. Les trois heures de Lem se transforment en trois jours, en cinq... Cornebique a une fringale de tous les diables. Il en aurait presque hâte d'arriver, du coup ! Elles doivent bien avoir quelque chose à becqueter, les Fouines !

Un soir, ils installent leur campement en sachant

que c'est sans doute le dernier. La montagne se dresse là, à portée de crachat. Ils grignotent quelques biscuits secs et fument pour tromper la faim. Le vent s'est calmé et ils allument un petit feu. Cornebique pince doucement les cordes de son banjo et fredonne *Good night little darling...* en rêvant à Blanchebicoune. Lem l'écoute en battant la mesure de sa tête maigre. Il a retroussé ses manches sur des bras qui ressemblent à des baguettes de tambour. De temps en temps, il lève les yeux et contemple la montagne, ravi.

Chapitre 14

Ah, pour être joli, c'est joli ! Personne ne dira le contraire. Des prairies vertes, des fleurs rouges, des lacs bleus, des nuages blanc ivoire. Pas de doute : chaque chose a la couleur qui convient. Cornebique et Lem respirent le bon air à pleins poumons. La route s'élève en lacets élégants, et à chaque virage ils en prennent plein les mirettes.

— Regarde ces pics enneigés en face ! s'extasie Lem. Regarde ces cimes ! Regarde ce torrent ! Regarde…

— Regarde où tu marches ! bougonne Cornebique, moins enthousiaste, tu vas encore basculer avec ta charrette et j'ai pas envie de te récupérer en vrac au fond du ravin comme hier.

Il n'a pas envie non plus de chercher à quatre pattes

les cent cinquante petites fioles éparpillées dans les cailloux. À vrai dire, il aurait surtout envie d'aller promener sa carcasse ailleurs… Ils n'ont rencontré aucune habitation jusqu'à ce jour et il n'en peut plus de faim. Quand ils s'arrêtent pour souffler, son ventre grouille à faire peur. Lem s'en inquiète un peu :

– Qu'est-ce que tu as à me lorgner comme ça ? Tu veux me manger ou quoi ? Je te préviens : je suis plutôt ferme sous la dent…

Mais ils sont bientôt récompensés de leurs efforts. À peine le col franchi, ils débouchent sur une large vallée. Tout au fond, là-bas, les toits en ardoise d'une ville scintillent sous le soleil. Lem pointe son doigt :

– C'est là ! On y est dans deux heures !

Cornebique hoche la tête et traduit pour lui-même : c'est là, on y est dans deux jours.

Avant de se remettre en route, ils procèdent au camouflage prévu pour Cornebique. Lem lui débroussaille la barbe à grands coups de ciseaux, et il n'épargne ni les cheveux ni les longs poils qui tombent sur les yeux. À la fin, il recule de trois mètres et incline la tête, satisfait de son ouvrage :

– Tu sais que tu pourrais être joli garçon, si tu voulais !

– Ça va, ça va, grogne Cornebique, qui se sent tout nu.

Ensuite, il enfile un long manteau noir, se rembourre généreusement les fesses et le ventre avec des coussins et chausse une paire de lunettes cerclées.

Pour finir, ils attachent le banjo sous la caisse de la charrette. Cornebique éprouve un pincement au cœur en le voyant disparaître. Est-ce qu'il le tiendra encore dans ses mains ? Lem, qui s'en rend compte, tâche de le consoler :

– T'en fais pas, vieux, tu la retrouveras, ta trompette ! Pour le reste, c'est parfait ! Ta propre mère te reconnaîtrait pas !

– J'en suis moins sûr que toi…

– Mais si ! Tiens, tu en veux une petite lichette ? Ça te fouettera le sang ! Je te sens pas dans ton assiette…

Pour une fois, Cornebique accepte et se verse quelques gouttes de la bouteille plate dans le gosier. Ouaashhh ! Toujours aussi doux sur le palais ! Du velours…

Dans la plaine, la route est large et superbement pavée. Lem va devant, avec la charrette. Cornebique le suit à quelques mètres. Une calèche s'approche, tirée par deux chevaux. Arrivé à leur hauteur, le cocher ralentit. Le rideau de la fenêtre s'écarte, laissant apparaître une mince silhouette noire. Deux yeux jaunes jaillissent comme des lames et transpercent Lem qui ne se démonte pas pour autant :

– Bonjour, ma p'tite dame ! En balade ?

La « petite dame » Fouine apprécie modérément. Elle le détaille sans gêne, de la tête aux pieds, méprisante, passe ensuite à Cornebique dont les jambes vacillent. Dix secondes s'écoulent, qui lui paraissent l'éternité, puis le tissu du rideau retombe. La calèche s'éloigne. Ouf !

– Tu vois, claironne Lem, hilare, elle a pas bronché ! Je te le disais : tu voyages incognito ! Tu fais pas assez confiance à ton vieux Lem, c'est tout ton problème !

La nuit tombe quand ils atteignent les faubourgs de la ville. Pas trop tôt ! se dit Cornebique qui défaille. Son ventre pousse des rugissements formidables. Sa faim lui ferait presque oublier sa peur… Une large voie pavée fait le tour des remparts. Ils la suivent à tout hasard. Des calèches rapides circulent en tous sens et les ignorent. Ils tombent enfin sur une immense porte qui entre dans la ville. Deux Fouines la gardent, appuyées sur leurs lances :

– Messieurs ?

– Professeur Lem ! Tournée médicale ! répond Lem du tac au tac. Brûlures d'estomaque, rages de dents, dégradation de…

Celle de gauche, agacée, l'interrompt de la main et inspecte rapidement le contenu de la charrette. Puis elle fait en direction de Cornebique un mouvement de menton :

– Et le gros, là ?

– Mon assistant. Je le forme…

Cornebique approuve, souriant : quelle chance unique, quel privilège rare d'être admis en apprentissage aux côtés du professeur Lem…

On les laisse passer et ils suivent des rues étroites

éclairées par des réverbères. Lem n'en revient pas de la propreté :

– T'as vu ça, Cornebique ! On mangerait par terre !

Il a la langue bien pendue, Lem, mais n'empêche : quand ils débouchent sur la place principale, il en reste baba. Les quatre façades de pierre sont toutes richement sculptées. Des centaines de torches et de flambeaux éclairent les balcons, les galeries. En bas, des Fouines déambulent sous les arcades majestueuses. Un des côtés de la place vaut particulièrement le coup d'œil. Le bâtiment, auquel on accède par un escalier monumental, est gardé par une bonne vingtaine de Griffues armées jusqu'aux dents.

– Tu paries que c'est la résidence de la fameuse Grand-Mère ? souffle Lem.

– Ça m'étonnerait pas, répond Cornebique. D'ailleurs, regarde sa statue au milieu, là-bas. C'est une géante !

Mais il s'intéresse davantage à une enseigne qu'il vient de repérer au coin de la place. Elle représente une soupière d'où s'échappe une fumée prometteuse. Au-dessus, on a gravé en belles lettres d'or : *Auberge de la Licorne*.

– Tu veux qu'on aille y manger un morceau ? suggère Lem. On réfléchira mieux après.

– C'est pas de refus, gémit Cornebique.

La salive lui en dégouline sur les chaussures.

Ils poussent la charrette jusque là-bas et frappent deux coups avec le heurtoir. La lourde porte s'ouvre

sur une vieille Fouine en tenue mauve de majordome. Elle marque un temps de surprise en découvrant les deux hurluberlus, puis elle articule, hau-
taine :

— Messieurs, deux couverts ?

— Non, répond Lem, qui n'a jamais entendu ce
mot-là, ça serait juste pour manger un bout, mon
collègue et moi...

— Je vois... grommelle la Fouine. Vestiaire ?

— Bestiaire ? interroge Lem qui n'a jamais entendu
celui-ci non plus.

Ils finissent malgré tout par se comprendre et Lem a
même le droit d'aller garer sa charrette dans l'arrière-
cour. La Fouine en mauve les fait ensuite passer derrière un lourd rideau de velours rouge :

— Si vous voulez bien vous avancer...

— Mais oui, murmure Lem à l'oreille de Cornebique, mais oui ma biche, on avance, on va pas y aller
en marche arrière...

Ils font leur entrée dans la grande salle où de
hautes flammes s'élèvent dans la cheminée. Plusieurs tables sont déjà occupées par des Griffues qui
jettent un coup d'œil peu amical sur leurs pantalons
tire-bouchonnants et leurs vestes fatiguées. On parle
à voix feutrée, on fume avec des fume-cigarettes. Un
pianiste joue en sourdine pour ne pas gêner les
conversations. Eh ben, mon ami, où on est tombés !
se dit Cornebique.

Le majordome les conduit à une table et leur pousse

les chaises sous les fesses, des fois qu'ils ne sauraient pas s'asseoir tout seuls ! Il les laisse et revient aussitôt avec deux menus dans leur pochette de cuir décorée de la fameuse licorne.

Lem se frotte les mains :

— Mon copain, choisis tout ce que tu veux. C'est moi qui paye !

Voyons : *Potage maison. Agnelet à la poêle. Cuisse de canard. Gibelotte de lapin...* Les deux lèvent les yeux avec un parfait ensemble et se regardent, pris de vertige. Un serveur s'approche déjà :

— Ces messieurs ont choisi ?

— N... non, pas encore, bredouille Lem... nous hésitons... tout a l'air si appétissant...

La liste est effrayante : *Tête de veau. Civet de marcassin. Mijoté de bœuf.* Soudain Lem devient pâle.

— Cornebiiiiique, regaaaarde !

Il a posé son doigt tremblant sur la ligne suivante : *Coquelet à la Griffue* !

La panique les saisit. La suite, c'est certainement : *Gigot de Chevrette* ou même *Escalope de Bouc*, pourquoi pas ?

— Ces messieurs ont choisi ?

Cornebique sursaute et claque le menu dans ses mains. Il en a assez vu. C'est lui qui répond, cette fois, car Lem a perdu l'usage de la parole...

— Oui... nous prendrons le potage maison et le gâteau au chocolat...

— Ce sera tout ?

– Ce sera tout, oui. Avec de la bière, si vous avez…

Au bout d'une minute, le temps pour Cornebique de vider la corbeille de pain, deux jeunes Fouines leur apportent le potage. La première dépose la soupière sur la table, la seconde soulève pompeusement le couvercle et déclare :

– Nous vous avons préparé *Le velouté de lentilles avec les oignons du pays.*

– C'est bon, c'est bon, grogne Lem qui a retrouvé ses esprits, pas tant de chichis, les filles ! On n'est pas le prince de Galles et son cousin…

Elles leur en servent une demi-louche à chacun et disparaissent en cuisine.

Cornebique, négligeant la cuillère, ne fait qu'une goulée du potage fumant et se pourlèche les babines. Bon sang de bois, c'est un délice ! Il attrape au vol une des deux serveuses qui passe dans son dos et fait voleter son index en cercle au-dessus de son assiette vide :

– Dites, je pourrais…

– Ah, je ne vous ai pas servi ?

– Si, mais… C'est-à-dire que j'ai déjà fini…

Elle revient et lui sert à nouveau une demi-louche. Cornebique sent la moutarde qui lui monte au nez :

– Écoutez, mademoiselle : sans vous commander, ça vous ennuierait de me laisser carrément la soupière ? Avec deux pains, s'il vous plaît. Pas votre petite corbeille pour enfants, là, non : deux gros pains de campagne tout entiers, vous voyez ce que je veux dire.

Ou trois, même, si vous avez. Et n'oubliez pas notre bière, si ça dérange pas trop…

Voilà. Elle a compris et Cornebique a enfin le sentiment que son repas peut commencer. Il tranche contre sa poitrine d'énormes morceaux de pain qu'il immerge directement dans la soupière, plouf! Il les repêche avec la louche, à peine mollis, et se les enfourne tout fumants dans la bouche. Il gémit, il soupire, il oublie tout ce qui l'entoure. Au bout d'une minute, la nappe est constellée de potage, de pain mouillé, de salive. Atcha! Il éternue, la bouche pleine, histoire de passer la seconde couche. Et il recommence, atcha!

Depuis sa table, une Griffue se retourne, lèvres pincées, glaciale:

– À vos souhaits, monsieur…

– S'cusez-moi, bredouille Cornebique. J'aurai pris froid dans vot'pays…

Il avale sa bière cul sec. En commande une autre. Lem, qui n'est pourtant pas une personne délicate, essaie en vain de le tempérer:

– Tiens-toi, bon sang! On va se faire remarquer…

Mais Cornebique n'entend plus rien. Il est remonté! Il s'en prendrait presque au pianiste, maintenant:

– Tu l'entends, celui-là? Il va endormir tout le monde avec ses berceuses au sirop. Je vais lui demander s'il connaît *Jackhammer Man Blues*, on pourrait la chanter en duo…

– Cornebique, je t'interdis!

Par chance, le pire est évité grâce aux serveuses qui apportent le gâteau :

– Nous vous avons préparé un *Suprême au chocolat dans son coulis de*…

– C'est bon, c'est bon… Posez-le et vous fatiguez pas…

Ils le dégustent tranquillement en finissant leur bière. La salle s'est à demi vidée maintenant.

À la table voisine, deux Griffues sirotent leur digestif et bavardent à voix tamisées :

– Tu crois qu'elle descendra sur la place, cette année, pour les fêtes du Couronnement ?

– Je ne sais pas… Il paraît qu'elle ne peut plus marcher…

Les oreilles de Cornebique se pointent. Il adresse un clin d'œil à Lem :

– Psst ! Écoute un peu ce qu'elles racontent…

En effet, la conversation est passionnante :

– Oui, elle s'est fracturé la rotule à l'automne. Une mauvaise chute. Et à son âge…

– Oh, elle en a vu d'autres ! Elle se remettra. Surtout qu'on lui a apporté le petit Loir, tu es au courant ?

Cornebique est dégrisé d'un coup. Il en basculerait de sa chaise. Pié ! Mon petit Pié ! C'est de toi qu'elles parlent ! Où es-tu ?

– Oui, je sais, poursuit la Griffue, ils l'ont mis avec la Loirote. Grand-Mère les garde dans ses propres appartements, d'après ce qu'on dit… Je la comprends :

il a fallu quatre ans pour les réunir, alors elle n'a pas l'intention de les perdre aussi vite.

– Exact. Et d'ici peu, s'ils se reproduisent, on pourra en manger à nouveau !

– Oui. Comme au bon vieux temps ! Je m'en lèche déjà les babines !

Elles lèvent leurs verres et trinquent joyeusement :

– Allez : à Grand-Mère !

– C'est ça ! Et à ses petits-enfants !

Elles vident leurs digestifs et se font apporter leurs manteaux pour sortir. Dès qu'elles ont quitté la salle, Lem se penche vers Cornebique qui est encore sous le choc, et lui souffle, malicieux :

– Et voilà le travail ! Je te le répète, Cornebique, ton problème, c'est que tu fais pas confiance au docteur Lem.

Mais, après quelques secondes, il se racle la gorge :

– Hum… Cornebique…

– Oui ?

– Euh… c'est quoi la rostule ?

– La rotule, docteur, c'est le petit os arrondi qu'on a au genou.

– Ah oui ! ça me revient…

Chapitre 15

Inutile de préciser qu'ils ne trouvent pas le sommeil ce soir-là. On leur a donné une vaste chambre tendue de velours, avec des tas de choses à renverser un peu partout : des guéridons, des chaises de style, un miroir sur pied. Le parquet est si bien ciré que Cornebique se prend deux gamelles coup sur coup. Bref, ils se sentent comme à la maison, très à l'aise… Ils se tiennent longtemps debout, dans le noir, à la fenêtre qui donne justement sur la place. De là, en écartant le rideau, ils ont une vue imprenable sur la résidence de Grand-Mère. Les vingt soldats veillent toujours devant les grilles forgées de l'entrée et sur l'escalier qui monte jusqu'au palais. Toutes les lumières sont éteintes, sauf une, tout en haut. Cornebique ne peut pas en détacher ses yeux :

– Je te parie qu'il est là-bas, dans cette pièce ! Je le

sens… Avec cette vieille carne qui le surveille. Elle est certainement insomniaque, Lem.

– Asmoniaque… pas sûr. Je dirais plutôt qu'elle arrive pas à dormir, cette personne…

– Sans doute… Ah, je te jure, si je m'écoutais, je foncerais dans le tas et je…

– Mais oui, Cornebique, fonce dans le tas… Ils ne sont que vingt, après tout… Moi, je reste ici et je t'encourage, d'accord ?

– Moque-toi…

– Je me moque pas… J'essaie seulement de te faire comprendre qu'on n'entrera pas par la force. Il faudra faire jouer mon intelligence…

C'est bien ce qui inquiète Cornebique.

Il a tort. Le lendemain matin, Lem se réveille gai comme un pinson :

– J'ai trouvé ! J'ai mon idée !

– On peut savoir ?

– Non, on peut pas. Viens : on va d'abord s'envoyer un bon petit déjeuner.

– Et ensuite ?

– Ensuite, on va récupérer la carriole et on l'installe sur la place.

– Et ensuite ?

– Ensuite tu verras…

Cornebique le suit. Après tout, la chance leur a souri jusqu'ici. Il semble même que Lem soit poursuivi par une veine insolente. Alors pourquoi ça s'arrêterait ?

Ils casserolent tant bien que mal sur les pavés de la place, dinguedingue ! Des Fouines s'y promènent au soleil d'un pas nonchalant. Cornebique a beau faire : il ne parvient pas à s'habituer à leur sale tête. Elles lui fichent la trouille, toutes autant qu'elles sont, avec leurs yeux diaboliques. Beaucoup les regardent avec dédain. On les prend pour des traîne-misère, c'est sûr ! Lem, lui, ne se laisse pas impressionner :

– Tiens, on va se mettre ici, en plein milieu, sous la statue de Grand-Mère !

– Tu crois qu'on a le droit ? s'inquiète Cornebique.

– Si on n'a pas le droit, elles le diront. Viens !

Il cale sa charrette juste sous l'immense Grand-Mère de bronze, ôte la bâche qui couvre les bouteilles et déballe en sifflotant le reste de son attirail : sa baguette, sa petite table pliante, sa clochette, la boîte cabossée qui lui sert de caisse…

– Tu peux me dire ce que tu mijotes ? demande Cornebique.

– T'occupe ! Contente-toi de jouer l'assistant. Fais semblant de ranger les fioles par exemple, ça te va ?

Cornebique obéit. Il disparaît derrière la charrette, trouve un crayon et fait mine de recopier le nom des bouteilles sur une feuille de papier. Ça lui donne une contenance. Il a à peine commencé que la voix claironnante de Lem retentit sur la place :

– Mesdames et messieurs, votre attention s'il vous plaît ! C'est le docteur Lem qui vous parle ! Oui, le docteur Lem en personne ! En tournée exceptionnelle dans votre petite localité, je vous apporte, accompagné de mon jeune assistant, les dernières avancées de la médecine urbaine, ding, ding (clochette) !

Cornebique n'ose pas regarder franchement, mais il lui semble que quelques curieux se sont arrêtés. À part ça, il ne voit toujours pas où ce brave Lem veut en venir.

– Approchez ! Je dispose ici dans ce laboratoire itinérant, boum ! (coup de poing sur la ridelle de la charrette) de quoi soigner ce qui vous fait injustement souffrir : brûlures d'estomaque, rages de dents, dégradation de la rate, ballonnements… ding, ding (clochette). Profitez de cette occasion unique, car demain je serai loin. Je traite avec succès toutes les infections : langue râpeuse, verrue palantaire, inflammation du cervelet, déplacement du sesternum, gonflement des organes, flatulences… ding, ding (clochette). Approchez, approchez !

Cornebique pointe le nez par-dessus la ridelle, juste le temps d'enregistrer le clin d'œil de Lem.

– Oui, approchez ! Et n'hésitez pas à m'interrompre ! Péritonite de la fesse ! Mycose galopante ! Disparition de l'oskiput ! Infracture de la rostule ! J'ai bien dit : infracture de la rostule !

Lem, bougre d'âne ! Qu'est-ce que tu baragouines ?

– Mon assistant et moi guérissons toutes les maladies, bien sûr, mais particulièrement les enfractures rostuliennes !

Cornebique s'en taperait la tête sur la roue de la charrette. S'il pouvait, il se boucherait les oreilles !

— La fracturation rostulique, mesdames et messieurs, frappe le sujet quelquefois au mollet, mais le plus souvent au genou ! Voyez sur cette figurine par exemple…

La statue géante de Grand-Mère ! Une figurine ! Et le voilà qui pointe sa baguette dessus ! Il est devenu complètement marteau, cette fois ! D'ici quelques secondes, quarante soldats vont leur tomber sur le râble, leur ficeler les membres en faisant quatre tours et les jeter au cachot. Cela dans le meilleur des cas, bien entendu…

Étrangement, il ne se passe rien. Cornebique ose un coup d'œil vers le public. Un garde à la mâchoire en galoche s'est mêlé aux badauds et il écoute le professeur Lem qui poursuit vaillamment son exposé médical :

— … la structure ossiqueuse du tendon rostallique est soumise, en particulier chez les personnes âgées…

Le garde s'avance et l'interpelle, la bouche mauvaise :

— C'est quoi votre médicament ?

Lem joue les imbéciles :

— Pour la disparition du sesternum ?

— Non, pour ce que vous avez dit après.

— Ah, l'infracturation de la rostule ?

— Vous voulez dire de la rotule ?

— Euh, oui, la rotule. Nous autres scientifiques

disons aussi la rostule à cause du grec *rostulikem* qui signifie euh… os du genou. *Rostu* : l'os et *likem* : le genou… Ce serait pour vous, jeune homme ?

De grosses gouttes de sueur dégoulinent sur le front de Cornebique. Lem ! Lem ! Qui viendra nous voir en prison, ici ? Est-ce qu'il y aura des araignées ? Est-ce que les Griffues nous donneront assez à manger ?

Le garde s'impatiente :

— C'est quelle bouteille pour la rotule ?

— Ah, mais ce n'est pas une bouteille, monsieur ! C'est des ventouses !

Lem ! Non ! Arrête ! Je t'en supplie. Sans doute qu'elles viendront dans notre cachot de temps en temps pour nous arracher les ongles des pieds ! Un par jour ! Elles en sont capables ! Arrête !

Le garde semble perplexe :

— Des ventouses ? Pour soigner la rotule ?

On dira ce qu'on veut de Lem : que sa cervelle ressemble à un morceau de gruyère, qu'il a une araignée dans le plafond, qu'il boit un coup de trop, d'accord, d'accord. Mais pour trouver un type qui a plus de culot que lui, il faut se lever tôt. Le voilà qui improvise devant une bonne centaine de Fouines impassibles et froides comme des glaçons une consternante leçon de choses :

— Oui des ventouses ! Et comment donc ! Je n'entrerai pas dans les détails scientifiques, mesdames et messieurs, mais sachez cependant, que la ventouse,

grâce à son action fumigeante, entraîne une défréca-
tion de la mandibule…

De sa baguette, il désigne sur la statue de bronze
les parties du corps évoquées. Cornebique en a des
vapeurs.

– … et par conséquent elle provoque aussi, un
enfant de six ans pourrait le comprendre, mesdames
et messieurs, une emboudination du cortex. La rou-
tule, par réaction dépulsive, amorce alors un mouvement comme qui dirait de ressort et…

Cornebique, consterné, s'est depuis longtemps
écroulé derrière la charrette. Il reprend ses esprits au
moment où Lem conclut avec enthousiasme :

– … et vous bondirez comme un jeune lapin en
criant : « Merci docteur Lem ! Vive le docteur Lem ! »
J'en ai maintenant fini, et je vous laisse aux bons
soins de mon assistant. Nommez seulement votre
maladie, il vous infligera le remède qui convient ! Je
vous prie d'éviter les bousculades ! Merci !

Il n'y a pas de bousculade, mais un long silence
pesant, bientôt rompu par l'aboiement agressif du
garde :

– Allez, ça suffit, votre baratin ! Circulez !

Cornebique se redresse prudemment et bénit le
ciel : les Fouines se dispersent. Ils vont peut-être
échapper au cachot et s'en tirer sans plus de dommage… À condition de ne pas en rajouter…

– Vite, Lem ! On plie boutique et on fiche le
camp !

– Ben oui, répond tristement le bon docteur, je vois plus que ça…

– Qu'est-ce que tu imaginais ? Qu'ils allaient t'amener d'urgence au chevet de la Grand-Mère ? Tu m'as fichu une de ces trouilles !

Ils ont presque fini de rassembler leur barda quand le garde, celui qui leur a ordonné d'aller voir ailleurs, s'approche de la charrette. Il n'aboie pas cette fois. Au contraire, il se fait le plus discret possible :

– Ne bougez pas d'ici, je reviens…

– Circuler… pas bouger… Il sait pas ce qu'il veut celui-là ! bougonne Cornebique.

Ils le regardent s'éloigner en direction du palais, passer entre ses collègues, franchir la grille, monter l'escalier et disparaître. Le temps passe.

– Qu'est-ce qu'on fait ? plaisante Lem, on joue à la marelle sur les pavés ?

Le garde repointe sa grosse tête d'enclume au bout d'une bonne demi-heure. Il traverse la place en tâchant de ne pas se faire remarquer et glisse à Lem :

– Soyez ce soir à dix heures à l'arrière du bâtiment. Vous trouverez une petite porte en chêne en contre-bas de la rue. Tapez trois fois. Je vous ouvrirai et je vous conduirai à… une certaine personne…

– Très bien, répond Lem. J'y serai sans faute avec mon assistant.

– Non. Tout seul.

Et il tourne les talons. Ils ont du mal à se contenir. Lem jubile carrément. Si Cornebique ne le calmait pas, il danserait le fox-trot sur le pavé en lançant des yeepies !

— Une certaine personne ! rigole-t-il en imitant le garde, mâchoire en avant, une certaine personne ! Ce grand benêt croit qu'il va m'étonner avec sa « certaine personne ». Mais je l'ai possédé comme un lapin de six semaines ! Il se voit déjà fortune faite, médaillé, décoré, récompensé. Et par qui ? Par Grand-Mère elle-même, éternellement reconnaissante ! T'as vu ça, mon copain ! T'as vu le travail !

— Calme-toi, Lem ! Et parle moins fort, nom d'un chien…

Cornebique a beau le gronder, il doit bien s'avouer que Lem l'épate de plus en plus… Le point noir, c'est qu'il devra aller poser ses ventouses et agir tout seul.

Pendant le reste de la journée, enfermés dans leur chambre de l'*Auberge de la Licorne*, ils cogitent ferme. Ça fume sous les deux crânes !

— Bon, récapitulons ! reprend Cornebique pour la dixième fois au moins : tu te présentes à la porte à dix heures avec ton grand sac médical. Le garde te conduit à Grand-Mère. Tu notes dans ta tête par quel couloir, quel escalier… Sinon tu te perdras en ressortant.

— Cornebique, tu me prends pour un imbécile ?

— Une fois dans les appartements de la Grand-Mère, tu exiges d'être seul avec elle pour la soigner. Dans sa chambre si possible.

— Oui… Je dirai que j'ai besoin de me concentrer…

– C'est ça. Ensuite tu lui poses les ventouses.

– Oui… Tu crois pas que je devrais m'entraîner encore un peu sur toi avant d'y aller ?

– C'est inutile, Lem ! Tu m'en as posé au moins cinquante depuis midi ! J'ai le dos couvert de suçons. Tu y arrives parfaitement bien maintenant. On dirait presque un vrai docteur !

– Si tu le dis…

– Continuons : pendant que la Grand-Mère est couchée sur le ventre, tu en profites pour chercher le petit Pié et la Loirote. Dès que tu les as dénichés, tu les fourres au fond du sac…

– Et je les couvre avec la couverture pour les cacher…

– C'est ça, Lem. Ensuite, tu dis à la Grand-Mère qu'elle bouge surtout pas, et ftt ! tu te sauves.

– Et si je tombe sur des gardes ?

– Tu leur dis que tu as oublié un instrument et que tu reviens tout de suite. Interdis-leur de déranger la Grand-Mère ! Ensuite tu reprends le même chemin qu'à l'aller et tu me rejoins à la *Licorne*.

Lem secoue la tête, puis se frotte vigoureusement les mains :

– C'est imparable. Je vois pas comment je pourrais échouer…

À dix heures moins dix, ils descendent à la réception de l'auberge et annoncent à la Fouine de service qu'ils s'en vont. Oui, ils ont passé un excellent séjour. Oui, ils reviendront dès que possible. Mais quand elle leur tend la facture, Cornebique fait la grimace : la douloureuse équivaut à la recette de ses six derniers concerts !

Ils se séparent dans l'arrière-cour, où Cornebique attendra son camarade auprès de la charrette.

– Je ne bouge pas d'ici, Lem. Allez, vas-y, maintenant, et… merci.

Lem avale une bonne rasade de sa bouteille plate, s'essuie la bouche et prend son grand sac médical en bandoulière.

– C'est moi qui te remercie. Je m'amuse vraiment bien depuis que je suis avec toi !

– Bon courage, Lem, j'espère que tu réussiras…

– T'en fais pas, mon pote. Je ramène les petits !

Il l'accompagne jusque sous le porche et le regarde traverser la place, contourner le palais et disparaître à l'angle de la rue.

Chapitre 16

L'attente commence. Assis contre la roue de la charrette, Cornebique s'en veut : depuis qu'ils ont mis les pieds chez les Griffues, il est toujours à la traîne. C'est Lem qui a les bonnes idées, c'est Lem qui prend les risques, et c'est Lem qui va peut-être se faire étriper ! Il n'aurait jamais dû l'envoyer tout seul au casse-pipe...

Onze heures sonnent à l'horloge du palais. Il n'y tient plus. Il se lève et va se poster sous le porche pour guetter le retour du docteur. Les pas de quelques promeneurs attardés résonnent sur les pavés de la place déserte. Devant les grilles et sur l'escalier, les vingt soldats montent la garde, imperturbables. La même fenêtre que la veille est éclairée, sous les toits. Est-ce que tu es là-haut, Lem ? Comment ça se passe ? Tu as trouvé le petit Pié ?

Cornebique se roule une cigarette, passe d'un pied sur l'autre, va s'asseoir contre la roue, se relève… Soudain la lumière s'éteint, là-haut. La consultation est terminée ! Lem va revenir !

Lem ne revient pas. Minuit sonne. Qu'est-ce que tu fiches, bonté divine ! Pourquoi tu reviens pas ? Cornebique n'en peut plus d'inquiétude. Il est presque une heure du matin quand arrive ce à quoi il s'attendait le moins : les deux battants de la porte monumentale du palais s'ouvrent en grand. Une silhouette efflanquée descend les marches, passe en revue les soldats étonnés et s'engage sur la place. Lem ! Hélas, il ne se dirige pas où il faut. Il semble un peu dans le cirage et divague sur la place vide. Cornebique lui fait signe de loin : par ici ! Par ici ! Lem le voit enfin, trottine jusqu'à lui et lui tombe dans les bras :

— Oh, Cornebique, je crois que j'ai fait une bêtise.

— Tu as pas réussi, hein ?

— Je crois pas. Emmène-moi à l'abri, je vais t'expliquer.

Ils vont s'accroupir dans un recoin bien obscur dans l'arrière-cour de la *Licorne*. Lem tremble encore d'émotion. Cornebique le réconforte :

— Prends ton temps, mon vieux… Récupère.

Au bout d'une minute, Lem se sent mieux. Il respire un bon coup et raconte :

– Au début, ça s'est bien passé. Exactement comme on avait prévu. Je tape trois fois à la porte et le garde avec la mâchoire me fait entrer, on monte des escaliers, on en descend, on suit des corridors, on traverse des cuisines... Un vrai dédale de labyrinthes ! J'essayais bien de noter dans ma tête, mais ça m'embrouillait à la fin, surtout que l'autre arrêtait pas de me faire des recommandations à propos de la « certaine personne » : vous l'appellerez Majesté ceci, vous lui parlerez à la troisième personne cela, vous ne ferez pas allusion à sa taille... Bref, au bout de trois minutes, j'étais dans les choux pour l'orientation. Tant pis, je me suis dit, je me ferai guider en ressortant. Ensuite, on arrive dans les salles du palais et là, je te prie de croire que ça vaut le détour : des escaliers de marbre où tu ferais monter quatre éléphants de front, des lustres de trois cents kilos, des tapis je te dis pas... Et sur tous les murs, les immenses portraits de la Grand-Mère, par dizaines ! En les voyant, j'ai compris pourquoi il fallait pas lui parler de sa taille. On a l'impression que le peintre a pas réussi à la faire rentrer dans le cadre. Elle dépasse de tous les côtés. Une espèce de grande girafe, le genre qu'on appelle à la rescousse pour dépendre les andouilles, tu vois.

» Bon, ensuite on arrive, le garde et moi, aux appartements de madame, tout en haut sous les toits.

La petite lumière qu'on voyait d'ici vient bien de chez elle, tu avais raison. Une Fouine balafrée de l'œil au menton nous accueille. En me laissant, ce balourd de garde me glisse à l'oreille : « Si tu ne la guéris pas, je te saigne ! » Merci pour les encouragements... J'entre. Et là, mon pauvre, je me demande si j'ai la berlue. La Grand-Mère est assise sur un minuscule fauteuil à bras et ses pieds touchent même pas terre. C'est une naine ! Une naine je te dis ! Elle fait la longueur de mon avant-bras, et encore ! Elle a des jambes de sauterelle. Sa tête triangulaire s'agite en haut d'un cou pas plus gros qu'un fil de fer. Une Griffue est en train de la préparer pour la nuit et elle a bien du mérite, parce que la nabote siffle et crache. Une vraie furie ! Un coup d'œil autour de moi, et je me rends compte que tout le personnel est griffé, écorché, recousu... Moi, je reste à la porte et je bronche pas, tu penses bien. Une femme de chambre s'approche de la Grand-Mère : « Le docteur Lem est arrivé, Majesté. Voudriez-vous le rencontrer ? » Ça part illico, schriiik ! elle lui laboure la joue. Quatre belles rayures rouges et le sang qui dégouline. La pauvre Fouine se corrige vite : « Sa Majesté voudrait-elle le rencontrer ? »

» Mon petit Lem, j'ai pensé, oublie pas la troisième personne ! Ou plutôt, vu que t'es pas très fortiche en conjugaison, prends pas de risques et boucle-la ! La Grand-Mère lève les yeux sur moi, et là, comment te dire ? j'ai l'impression qu'on me lâche un troupeau de vipères sous la chemise ou plutôt qu'on m'asperge d'acide chlorhydrique. À mon avis, cette créature provient du croisement entre une fourmi rouge et un scorpion. Bon, on me dit que les soins auront lieu dans sa chambre. Ça tombe bien, c'est justement ce que je voulais... Ils se mettent à deux pour l'emporter sur son fauteuil. Je poireaute un peu, puis une Fouine me fait signe que je peux y aller, que ma patiente est prête et qu'elle m'attend. Je suis pas un froussard, Cornebique, tu le sais, mais je te jure que j'étais dans mes petits souliers en poussant la porte. Elle est toute seule dans une immense chambre, assise contre des oreillers, sur un lit vingt fois trop grand pour elle. Elle me fixe, effrayante sous son bonnet de nuit à dentelles. Je m'approche, les jambes en coton, et je tente une troisième personne : « Est-ce que Sa Majesté voudrions bien s'allonger sur le ventre ? » Ça devait être juste : elle a pas bronché. Seulement, elle bougeait pas. Alors j'ai eu un coup de génie, je lui ai tendu ma bouteille plate : « Un petit remontant, Majestueuse ? » Elle y met le nez, en avale une gorgée, deux gorgées et puis tu sais ce qu'elle fait Cornebique ? Elle me descend toute la bouteille ! Cul sec ! Je me demande ce qu'elle va choisir : cracher des flammes ou exploser. Ni l'un ni l'autre : elle lâche un petit rot délicat, rups ! et se couche sur le ventre. Je déboutonne sa chemise de nuit. Oh la vilaine bête ! Son dos squelettique est comme couvert d'écailles, ses côtelettes ressemblent à des arêtes de poisson. Et puis où est-ce que je vais mettre mes ventouses, moi ? Y'a pas de place ! Restent les petites fesses de rat… Je fais brûler mes bouts de coton et je lui colle une ventouse sur chaque miche : plop ! plop ! Ça les coiffait juste ! « Bougez plus… euh… elle bouge plus, la Majesté ! » je lui ordonne, mais elle ronflait déjà. Ma tisane l'avait allongée pour le compte. Bien, je me dis, jusque-là tout a marché comme sur des roulettes, maintenant on passe à la suite… Et c'est là que…

Lem se tait. Il baisse la tête, soupire.

– Qu'est-ce qui s'est passé, Lem ? dis-moi…

– Eh ben, il s'est passé que d'un seul coup, je savais plus ce que j'étais venu faire ici… Voilà. Mon emnasie, tu sais…

– Ton amnésie.

– Oui…

Les larmes lui coulent doucement sur les joues. Jamais Cornebique ne l'a vu triste comme ça.

– Ça fait rien, mon Lem, pleure pas…

– Je me rappelais très bien que les ventouses, c'était juste un truc pour entrer dans les murs et que j'avais quelque chose d'autre à accomplir. Quelque chose de très important pour toi, Cornebique, et que je te l'avais promis… Mais quoi ? bon sang de bec ! quoi ? La « ramenez-y », vois-tu, c'est comme un mur qui s'effondre. Y reste que de la poussière… Tu peux fouiller tant que tu veux, ça sert à rien.

– C'est pas grave, Lem, regarde-moi…

– J'ai quand même cherché dans la chambre, des fois que je tomberais sur un indice et que ça me secouerait la comprenette, mais rien. Le vide dans ma caboche. Et au moment où je te parle, tout de suite, j'ai toujours pas retrouvé ce que je devais faire là-bas…

– Tu devais délivrer un petit Loir qui s'appelle Pié, et une Loirote… Ça te rappelle quelque chose ?

Lem secoue la tête. Ça ne lui rappelle rien du tout.

– T'en fais pas. Je vais te raconter l'histoire depuis le début. Ça sera comme si tu avais une poche trouée et que tu aies perdu tous tes sous. Moi je recouds la poche et je remets des sous dedans, ça te va ? Allez, souris-moi…

Lem sourit tant bien que mal. Cornebique lui raconte pour la deuxième fois, avec les mêmes mots, la cigogne Margie, la lettre de Stanley, le petit Pié dans sa chaussette, les Fouines, la nuit du brouillard, tout… Lem l'écoute attentivement jusqu'à la fin, puis il renifle et grogne :

– … faut aller le chercher, ton petit gars… Et la petite aussi.

Ils se taisent un instant, le temps que des clients de l'auberge traversent l'arrière-cour, puis Cornebique reprend, à voix basse :

– Au fait, pourquoi tu es sorti par la grande porte ?

– Je suis reparti sans le garde et je me suis perdu. À force de tourner en rond dans le palais, j'ai fini par me retrouver à la sortie principale… J'ai ouvert la porte et on m'a laissé passer… Ils arrêtent ceux qui entrent, pas ceux qui sortent…

— D'accord. Et une dernière question, Lem : quand je t'ai récupéré tout à l'heure, tu as dit que tu avais fait une bêtise. C'est quoi ?

Lem hésite.

— C'est quoi, Lem ?

— Eh ben, ça s'est passé au moment de quitter la chambre de Grand-Mère, quand j'ai repris mon grand sac médical… En le voyant, j'ai eu une sorte d'illumination et je me suis rappelé que, pour accomplir ma mission, il fallait que je mette quelque chose dedans. Oui, c'est ça : quelque chose que je cacherais dans le sac, sous la couverture ! Quelque chose ou peut-être… quelqu'un…

— Lem, tu m'affoles… Qu'est-ce que tu as fait ?

— Et ben… c'est-à-dire que des « quelqu'uns », y'en avait pas des masses dans la pièce, à part…

Cornebique se sent défaillir. Il voudrait hurler.

— Lem ! Par mes cornes ! Tu es en train de me dire que…

Lem hoche la tête, désolé. Cornebique en bégaie :

— D… d… dans le sac ?

Lem hoche la tête.

— Tu es passé entre les vingt soldats avec… la… dans ton sac ?

Lem hoche la tête. Le sac est posé sur ses genoux depuis qu'il est revenu, depuis plus d'une heure.

Cornebique n'ose plus parler, plus bouger. Sa voix déraille et ressemble au couinement d'une souris :

– Lem ! Tu veux dire que là… dans ce sac… qui est sur tes genoux… il y a…

Lem hoche la tête et conclut :

– T'en fais pas. Elle est ronde comme une queue de pelle.

Chapitre 17

Il neigeote. Afin d'éviter de traverser la grande place, Cornebique et Lem suivent des ruelles désertes. Ils glissent comme des ombres le long des murs de pierre.

– Au fait, avant que je la ramène, tu veux toujours pas jeter un coup d'œil ?

– Non !

– Je te comprends pas, Cornebique ! Elle se montre sur la place une fois par an, on compte sur les doigts d'une main les étrangers qui ont eu la chance de l'apercevoir. Moi, je la tiens là, dans mon sac, et tu veux pas profiter de l'occasion ?

– Fiche-moi la paix avec ça ! Je veux pas la voir !

Ils parviennent enfin à la porte de chêne, à l'arrière du bâtiment.

– Si elle est fermée, on est fichus… murmure Cornebique.

Dans sa vie, il a barboté plus d'une fois dans le pétrin, mais là c'est le pompon. Ouvre-toi, petite porte, je t'en supplie… De quelques centimètres, juste pour laisser passer deux imbéciles qui ont fait une grosse bourde et qui voudraient la réparer… Bien sûr, ils auraient pu planquer Grand-Mère dans l'arrière-cour de la *Licorne* et ficher le camp à toute berzingue, quitter la ville. Seulement, elle aurait donné l'alerte dès son réveil et deux cents Garces se seraient aussitôt lancées à leurs trousses. Ils n'ont pas le choix : il faut la ramener ! Et puis comment abandonner Pié aux griffes de cette folle ? Comment le laisser derrière eux, maintenant qu'ils ont tant espéré le reprendre ?

– J'y retourne ! a dit Lem, rageur. Et cette fois, Cornebique, je reviens avec les petits ! Par ma crête !

Ils ont renoncé à l'entrée principale. Lem a pu sortir, mais on ne le laisserait pas entrer aussi facilement. La porte arrière reste leur seule chance. Cornebique descend les quelques marches, pose sa main sur la poignée… Ouvre-toi, petite porte, s'il te plaît…

Elle ne s'ouvre pas. Le pétrin s'épaissit…

Cornebique frappe le bois de ses deux poings, bam, bam !

– Ouvrez ! Il y a quelqu'un ?

– Te fatigue pas, souffle Lem. On l'a dans l'os. À moins que…

– À moins que ? gémit Cornebique.

– Il nous reste une chance… On va passer au culot ! Y'a que ça !

– Au culot ?

– Oui. Quand on peut pas se cacher, il faut se montrer !

– Comment ça ?

– Tu vas voir. Tu fais encore un peu confiance au docteur Lem ? Alors suis-moi !

Le voilà parti à grandes enjambées, Cornebique sur ses talons. Il contourne le palais, débouche sur la grande place et se dirige droit vers les soldats.

– Lem ! Qu'est-ce que tu fais ? On va…

Trop tard. Il est déjà à la grille, dans la gueule du loup.

– Messieurs ? l'apostrophe une Griffue, lance à la main.

– Rebonsoir ! Professeur Lem… Je ramène Grand-Mère.

– Pardon ?

– Je ramène Grand-Mère. Je l'ai sortie tout à l'heure, dans mon sac, vous vous rappelez ? Et maintenant je la ramène…

La Griffue se tourne vers sa collègue, le sourire aux lèvres. Après tout, les nuits de garde sont longues. Une petite distraction est bienvenue.

– Vous ramenez donc Grand-Mère dans votre sac. Mais c'est parfait, ça. Eh, les gars, vous savez ce qu'ils ont dans leur sac, le monsieur Coq et son gros ami cornu ? Répétez un peu plus fort, que tout le monde entende !

– Grand-Mère ! répond Lem en poussant la voix. J'ai Grand-Mère dans mon sac !

Le succès est immédiat : les vingt Fouines de garde alignées sur les marches de l'escalier éclatent d'un rire gras. Elles se gondolent presque douloureusement. Le manque d'habitude sans doute…

Lem insiste :

– Je vous dis qu'elle est là, dans mon sac ! Vous voulez qu'elle attrape une epmonomie par ce froid ? Amenez-moi votre chef !

Cette fois, ça tourne à l'hystérie. Elles en suffoquent. Elles s'étranglent, se tiennent le ventre.

– Allez, ça suffit ! s'impatiente finalement la Griffue. Le chef, ici, c'est moi. Dégagez, espèce de pouilleux !

Lem, ça commence à l'agacer, cette affaire. Il se vexe pour de bon, pose le sac à terre, plonge ses deux mains dedans, en ressort la Grand-Mère en chemise et bonnet de nuit. Il la brandit devant lui, bras tendus et se met à hurler :

– Et ça ? Qu'est-ce que c'est ? Une portion de boudin ?

En une fraction de seconde, un silence effrayant remplace la rigolade. On entendrait tomber les flocons. Les vingt soldats sont pétrifiés, la Griffue-chef en a la mâchoire qui se décroche.

Cornebique, se dit Cornebique, si jamais tu sors

vivant de cette aventure et que, sur tes vieux jours, tu racontes à tes arrière-petits-biquets ce que tu viens de voir là, n'espère pas une seconde qu'ils pourront te croire ! Imagine un peu : oui, les enfants, le Coq Lem tenait à bout de bras la Reine des Griffues, l'Impératrice des Fouines, la Cruelle, celle qu'on ne pouvait voir qu'une fois l'an… Ça se passait sur la grande place de leur capitale, en pleine nuit. « Et ça, c'est une portion de boudin ? » il leur criait. Moi, j'étais derrière lui, déguisé en gros bonhomme avec des lunettes cerclées… « Oui, oui, grand-père… on te croit… on te croit… »

En attendant, Cornebique en a assez de ne rien faire. Il n'en peut plus de se cacher, de se taire. Il explose, à la fin ! Et surtout il a l'impression que tout peut encore basculer d'un côté ou de l'autre : vers le triomphe ou vers le cachot… De plus, il a très moyennement apprécié le « gros ami cornu ». Alors il s'avance à son tour et tempête :

– Écoutez-moi, messieurs… euh mesdames… enfin, ce que vous êtes ! Le professeur Lem a bien voulu accepter, à titre exceptionnel, de recevoir Sa Majesté pour une consultation dans sa charrette personnelle et d'effectuer sur elle euh… une baziloscopie de l'antérax ! L'intervention s'est parfaitement bien déroulée. Maintenant il faut nous laisser passer ! Compris ? Si Sa Majesté apprend que vous nous retardez, je vous jure qu'elle va vous dépointer les oreilles !

Il en est blême de rage. Lem lui jette de côté un coup d'œil à la fois admiratif et stupéfait : bravo, mon pote ! N'empêche que le petit discours de Cornebique produit son effet. La Griffue-chef se décompose à vue d'œil. Elle hésite encore quelques secondes, puis se retourne et lance d'une voix forte :

– Laissez passer !

Ah ! Tout de même ! Cornebique et Lem s'engouffrent entre les soldats qui s'écartent à leur passage, les yeux exorbités. La Griffue-chef les suit. On leur ouvre les portes. Ils entrent en fanfare dans le grand hall désert. Terminé le profil bas, la discrétion :

– Holà ! braille Lem. Y'a quelqu'un dans la maison ?

Des serviteurs accourent, affolés.

– Conduisez-nous aux appartements de madame, ordonne Cornebique. On vient la remettre au pageot.

En quelques minutes, le palais se transforme en véritable poulailler. Les Fouines surgissent à toutes les portes, alertées par l'incroyable nouvelle : Grand-Mère traverse les salons du palais blottie contre la poitrine d'un grand Coq braillard, et surtout Sa Majesté… dort ! Oh oui, elle dort : Lem la tient sur son bras gauche, comme un bébé. Elle sourit d'un air béat. Elle sucerait presque son pouce.

– Poussez-vous ! Laissez passer le docteur et son assistant ! doit gronder la Griffue-chef dans les couloirs et les escaliers.

Ils progressent ainsi jusqu'à la gigantesque chambre de Grand-Mère.

Aussitôt arrivé, Lem la couche sur le lit, la couvre, la borde et interpelle les Fouines présentes :

– Rassurez-vous : j'ai pratiqué sur Sa Majesté une simple andouilloscopie du pédalaxe. Elle va bien. Nous veillons sur elle. Allez vous coucher !

À défaut de comprendre, elles obéissent…

Le calme revient. Ils sont maintenant seuls dans la pénombre de la chambre. Une bougie à demi-consumée brûle sur la table de nuit. Grand-Mère dort.

– Tu vas rester près d'elle, chuchote Cornebique. Au cas où. Moi, je vais fouiller la pièce.

– D'accord. Prends la bougie.

Cornebique explore les commodes, soulève les tissus, les draps. Où es-tu, mon bonhomme ? Où est-ce qu'elle t'a planqué ? Il ouvre les coffres, les tiroirs, palpe les doublures des rideaux. En vain. Il est en train d'étirer sa carcasse sur un fauteuil pour atteindre le haut d'une armoire quand la voix inquiète de Lem lui parvient :

– Cornebiiique ! Viens viiite ! Je crois qu'elle se réveille.

– Tu es sûr ?

– Oui. Grouille !

Il revient à la hâte vers le lit et tend la bougie. Effectivement, Grand-Mère refait surface.

– Aïe… gémit Cornebique. Qu'est-ce qu'on va faire ?

– Je sais pas… Et si on l'assommait ?

151

– Oui. Avec quoi ?

Ils cherchent fébrilement un objet assez lourd pour écrabouiller la vilaine tête de serpent de Sa Majesté. Trop tard, elle ouvre un œil et bavote d'une voix encore faible, très éraillée :

– Professeur Lem ?

Un sourire idiot flotte toujours sur ses lèvres. Elle n'a pas l'air de vouloir les dépecer tout de suite…

– Oui madame, euh… Altesse, à votre service…

Elle ouvre l'autre œil :

– Qui est cette personne ?

– C'est monsieur Cornebique, mon assistant…

– Bienvenue, monsieur Cornebique…

Elle articule trop bien. Elle est trop polie. Ils se demandent ce que ça cache : est-ce qu'elle va soudain se déchaîner comme un chat à qui on écrase la queue et leur lacérer le visage ? Est-ce qu'elle va leur sauter à la gorge et leur trancher la corniole ? Rien de tout ça : elle pousse un léger soupir de bien-être et, de sa main décharnée, tapote délicatement le bord du lit.

– Approchez-vous, Professeur. Et asseyez-vous là… Près de moi…

Lem s'avance lentement et pose une demi-fesse sur le drap. Il préférerait descendre dans la fosse aux alligators.

– Dites-moi votre petit nom, Professeur…

– Hein ?

– Votre petit nom ? Vous en avez bien un ?

Elle dégouline de douceur et de gentillesse :

– Allons, dites-moi…

– Adolphino… balbutie Lem et sa crête vire au cramoisi.

Malgré sa trouille, Cornebique est prêt d'éclater de rire. Adolphino ! Mais c'est tout à fait charmant ! Lem, petit cachottier, va !

– Adolphino… répète tendrement Grand-Mère. Me permettrez-vous de vous appeler ainsi dorénavant ?

– C'est vous qui voyez, Majesté, répond Lem, au supplice.

Puis Grand-Mère étire son bras maigre vers un cordon qui pend à la tête du lit. Elle le tire et aussitôt une servante pointe son museau à la porte :

– Sa Majesté a sonné ?

– Oui, ma petite, j'ai sonné… Qu'on éclaire et qu'on fasse venir immédiatement dans cette chambre tous mes docteurs. Qu'il n'en manque pas un !

Cornebique et Lem s'interrogent du regard. Qu'est-ce qu'elle mijote, cette vieille peau ? Le pire sans doute. Ils devraient peut-être prendre tous les risques, sauter par la fenêtre, quitte à se fracasser les os, et fuir dans la nuit.

Le premier docteur pousse craintivement la porte, bientôt suivi par un second. Grand-Mère s'est adossée à ses oreillers. Elle leur fait signe : approchez, approchez mes chéris… Peu à peu elle se transfigure : disparu le bon sourire, oublié le doux abandon. On dirait de l'eau qui commence à frissonner, qui va

153

bouillir. Ses griffes ont jailli, son souffle se précipite, elle en fume par les narines. Douze docteurs sont déjà entrés et il en arrive encore. Cornebique les compte : quinze, dix-huit… vingt-sept ! Elle en a vingt-sept ! La servante ferme la porte derrière le dernier. Dans un insupportable silence, Grand-Mère se dresse sur son lit, avec lenteur. Puis, brusquement, elle pousse un hurlement de folle :

– Bande d'incapables ! Nullités !

Les yeux injectés de sang, elle déverse sur les Fouines terrifiées une épouvantable charretée d'insultes. Les malheureuses se collent au mur pour s'éloigner des mains griffues qui sifflent dans les airs comme des fouets.

– Depuis des années je ne dormais plus ! Depuis des siècles ! Et qu'avez-vous fait ? Vous m'avez gavée de remèdes répugnants, de sirops imbuvables parfaitement inutiles ! Vous m'avez purgée, saignée, empoisonnée… Pour quoi ? Pour rien !

Elle gesticule sur le lit, hors d'elle. Sa chemise de nuit vole dans les airs, découvrant des jambes faméliques et un genou tuméfié.

– Le professeur Lem, lui, en quelques secondes, a su reconnaître mon mal et il m'a administré la bonne médecine ! Pour la première fois depuis cent mille nuits, j'ai dormi, vous m'entendez : dor-mi ! Il sera désormais, assisté de monsieur Cornebique, mon unique docteur ! Je vous chasse tous ! Disparaissez de ma vue ! Quittez ce pays à la course ! Si jamais, de ma vie, je revois un seul d'entre vous, qu'il sache bien ce qui l'attend…

Cornebique et Lem ont beau ne pas être concernés, la liste des horreurs que Grand-Mère se met à proférer leur dresse le poil sur la tête. Elle s'égosille et promet aux malheureux : de leur dévisser la tête, de leur nouer les bras avec les jambes ; de leur faire manger, vomir puis remanger leur tripaille ; de leur inverser les yeux… Elle leur infligera d'autres choses encore qu'il serait incorrect de rapporter ici, et c'est bien dommage. Ils fuient, épouvantés, et on entend le dernier d'entre eux chuter dans les escaliers tandis que Grand-Mère, hystérique, jure sur sa vie qu'elle lui « sortira le foie par le trou des fesses »…

Chapitre 18

– Adolphino, mon petit…

– Ou… oui, Majesté ?

Elle est retombée sur le lit, épuisée par la violence de ses propres menaces. Lem lui ramène les couvertures sous le cou :

– Reposez-vous, Majesté. Je veille sur vous…

– Vous reste-t-il un peu de cette tisane qui m'a fait tant de bien ?

– Bien sûr, Majesté.

Lem, qui a eu la bonne idée de remplir sa bouteille plate, la lui tend. Elle se redresse un peu, en boit la moitié, marque une courte pose et descend le reste, blurp, blurp.

– Tenez-moi la main, je vous prie, Adolphino…

Ses yeux se ferment, partent dans le vague :

– Je vous aime… beaucoup… et je vous trouve… rups… bel homme… Monsieur Cornebique aussi… hips… dans un autre genre… mais j'ai plutôt un faible pour vous, Adolphino… Vous avez une fiancée ?… Je…

Elle dort.

Lem se dégage et frictionne sa main, dégoûté. Ah la sale bête ! Ils patientent quelques secondes encore afin d'être sûrs, mais elle ronfle déjà : ils sont tranquilles pour un moment.

Lem fouillera les pièces qui donnent sur la place. Cornebique celles qui donnent sur l'arrière.

– Tu m'appelles si tu trouves quelque chose !

– D'accord, toi aussi.

Ils s'en vont chacun de leur côté, une bougie à la main. Cornebique entre dans la chambre voisine. Il cherche dans le lit, sous le lit, vide les tiroirs, fourrage dans les tissus. Où es-tu mon bonhomme ? Où est-ce qu'elle t'a planqué ? Dans le salon, il retourne les sofas, les canapés, il soulève les coussins, secoue les rideaux… Non, Pié n'est pas là. Il le sentirait.

La porte du fond donne sur un large corridor. Il le suit. Dans leurs cadres de bois, des Grands-Mères gigantesques le regardent passer, méprisantes. Il pousse une porte. La salle de bains. Il défait les piles de serviettes, passe ses mains dans les placards. Regagne le corridor. Pousse d'autres portes. Et s'il n'était pas là du tout ? L'idée lui donne mal au cœur.

Est-ce qu'il faudra repartir sans lui ? Il atteint la dernière porte, l'entrouvre. C'est minuscule. Des balais, des serpillières, des chiffons, des seaux… Une étagère, sous le plafond. Et sur l'étagère… un torchon blanc roulé en boule ! Tu es là, petit Pié. Tu es dedans, je le sais. Mes doigts tremblants me le disent. Et mon cœur qui s'affole. Il grimpe sur la deuxième marche d'un escabeau, saisit le torchon. Pourvu que tu sois blotti dedans, mon petit frère ! Pourvu que je t'y trouve ! Car si tu n'y es pas, alors je préfère que le palais s'écroule sur ma tête, je préfère croupir dans le cachot des Fouines. Je ne repartirai pas sans toi.

Il y est.

Cornebique reconnaît le museau, les menottes jointes, les yeux clos. Il se sent fondre. Le placard à balais est trop petit pour contenir son bonheur : il se cogne aux cloisons, il ne trouve plus la porte…

– Lem ! Lem ! Je l'ai !

Il longe le corridor, traverse le salon et tombe enfin sur Lem, lui aussi de retour dans la chambre de Grand-Mère :

– Lem, je l'ai !

– Non ? Fais voir !

Cornebique écarte le tissu :

– Regarde… Je l'avais pas inventé, hein ?

Ils passent plus d'une heure à fouiller tous les recoins à la recherche de la petite Loirote. Rien à faire ! Elle reste introuvable. Au bout du compte, ils sont du même avis : on l'a cachée ailleurs. Il faut savoir renoncer et partir. On les laissera sortir bien sûr, il ne manquerait plus qu'on contrarie le professeur Lem, docteur personnel de Sa Majesté ! Mais il vaut mieux qu'on les croie à l'intérieur du palais jusqu'au lendemain matin, ainsi ils auront tout le temps de se sauver. Ils décident de filer en douce. Au fond du corridor, ils trouvent une fenêtre qui donne sur la petite rue, à l'arrière du bâtiment. Cornebique se débarrasse des lunettes cerclées et des coussins qui le grossissent. Il n'en a plus besoin maintenant. Lem lui fait la courte échelle et le hisse.

— Le mur est couvert de lierre ! Je vais descendre par là. Tu me jetteras le torchon...

Il s'accroche aux branches les plus épaisses, manque de tomber, se raccroche, joue les acrobates jusqu'en bas. Une fois dans la rue, il siffle dans ses doigts :

— J'y suis !

Lem l'a entendu :

— D'accord. Attrape !

La boule de tissu blanc jaillit par la fenêtre. Tout est blanc dans cette nuit : blanches leurs voix qui chuchotent, blanche la neige qui danse, blanc le torchon qui enveloppe le petit Pié... La chute ne dure pas longtemps, mais Cornebique ne l'oubliera jamais : la tête renversée vers le ciel, il voit descendre vers lui, parmi les flocons glacés qui lui fondent sur le visage, un flocon plus gros que les autres. Pour la seconde fois, Pié lui tombe du ciel ! Il le recueille dans le berceau de ses bras. Mon bonhomme ! Mon gentil petit bonhomme.

– À toi, Lem ! Descends !

– Une minute ! J'arrive !

Cornebique s'est adossé au mur, dans un renfoncement. Il a mis le petit Pié au chaud sous sa chemise et il se serre dans son grand manteau noir. Le froid l'engourdit. Avec cette neige qui virevolte dans la nuit claire et l'hypnotise, il dormirait presque debout. Lem se fait attendre. Qu'est-ce qu'il peut bien fabriquer là-haut, bon sang de bonsoir ?

– Psst ! Attrape !

Cornebique sursaute. Il a juste le temps de se précipiter sous la fenêtre : un second torchon vole. Il descend moins vite, celui-ci. Encore plus léger !

– Mission terminée ! chuchote Lem, pas mécontent de lui, ça s'entend à sa voix. Je descends ! Rendez-vous à la *Licorne* !

Cornebique écarte le tissu : oh, mais c'est qu'elle est adorable, cette demoiselle ! Elle ressemble à Pié, en plus menu peut-être. Et avec un joli col en dentelle ! Dis donc, veinard, on ne t'a pas gardé la plus moche ! Il l'ajoute à Pié, au chaud sous sa chemise et trottine jusqu'à la *Licorne*.

Lem, que la neige a coiffé d'un béret blanc, le rejoint au bout de quelques minutes, tout sourire.

– Je te l'avais dit, mon copain : un, on localise, deux, on enlève, et trois ?

– Trois, on décanille ! Bravo, Lem ! Tu es le meilleur

Coq que j'aie jamais rencontré ! Où était cachée la petite ?

– Tu me croiras pas : j'allais abandonner la recherche et j'ai repensé au dernier moment à cette bosse au milieu du pieu de Grand-Mère. Ça m'intriguait depuis le début. Tu te rends compte : elle utilisait la demoiselle comme bouillotte ! Cette vieille carne est bien du genre à avoir les pieds glacés...

– Oui... Et ça te faisait surtout l'occasion de la revoir, Adolphino...

– Arrête !

– Allez, console-toi... Tu lui écriras des lettres d'amour...

– Tu es jaloux, Cornebique ?

Ils préparent la charrette en riant comme des tordus. C'est les nerfs...

Chapitre 19

La Griffue Astrid regagne son poste de garde. À trois heures du matin, elle doit relever sa collègue qui claque des dents sous une guérite à la porte de la ville.

– Ça va ? Rien à signaler ?

– Rien du tout, répond la sentinelle, frigorifiée. À part qu'il fait froid… Bon courage…

Astrid se recroqueville dans sa tunique réglementaire et s'apprête à passer une nuit glaciale mais tranquille. Il serait bien étonnant que quelqu'un ait l'idée de s'aventurer hors des murs par ce temps de chien. Et pourtant voilà deux silhouettes qui s'avancent sous la neige. Tiens, tiens, mais elle les connaît, ces lascars, elle les a vus passer hier dans l'autre sens : le premier, celui qui tire la charrette, c'est le professeur

Lem, et l'autre… Non, l'autre portait des lunettes et il avait du ventre… Voyons ça…

– Messieurs ? lance-t-elle en s'avançant au milieu de la chaussée.

– Madame… répond Lem. Je suis le professeur Lem, tournée médicale, vous me reconnaissez pas ?

– Si. Et le Bouc, là ?

– Mon assistant…

– Il a maigri ? Et sa vue s'est améliorée ?

– Oui, c'est-à-dire que…

– C'est-à-dire que rien du tout. Faites demi-tour ! On ne passe pas !

Elle adore refuser le passage, Astrid. Ça lui arrive trop peu souvent à son goût. Pourtant, quand on est garde, quoi de plus délicieux que ces quatre mots-là : « On ne passe pas ! » Ils tombent bien dans la bouche. On les crache d'un ton sec, et les gens s'en retournent, dépités. On se sent tellement bien après. On a l'impression d'être meilleur garde qu'avant…

Elle profite donc de l'occasion, Astrid, et elle aboie une seconde fois, pour le plaisir :

– On ne passe pas !

Elle aurait mieux fait de surveiller le Bouc… Quand elle comprend ce qui va lui arriver, il est trop tard : un véritable boulet de canon précédé de deux cornes lui fonce dessus. Elle encaisse le choc : aaaououourffh ! et s'envole par-dessus les remparts. Elle atterrit à plat ventre dans la neige, extra-muros, et entend passer près d'elle, comme dans un rêve, la charrette qui s'en va, bringuebalante, dingueding, dingueding. « Au revoir messieurs », elle bredouille. « Au revoir madame », répondent poliment les deux voix qui s'éloignent dans la nuit. Elle émerge pour de bon lorsque quatre heures du matin sonnent au beffroi de la ville. Elle se redresse, encore flageolante, et commence déjà à préparer son rapport pour ses supérieurs : « Je leur avais pourtant dit de ne pas passer, chef, mais le grand Bouc n'a sans doute pas entendu et… »

En quelques minutes, on mesure l'ampleur de la catastrophe : les deux petits Loirs ont disparu ! Alerte générale au palais, et branle-bas de combat dans la caserne voisine d'où jaillissent par dizaines des soldats mal réveillés. Ils se rangent sur la place en finissant de boutonner leur culotte, tout étonnés qu'on ne leur braille pas dessus. En effet leurs chefs se gardent bien de crier, pour une fois. Ils ne sont pas idiots : si jamais Grand-Mère se réveille avant qu'on ait pu ramener ses bébés, il risque d'y avoir de la viande sur les murs…

Chapitre 20

Le Bouc Cornebique et le Coq Aldolphino Lem jouent des flûtes. Depuis le tampon administré à la pauvre Astrid, ils savent que le temps leur est compté. Il ne s'agit plus de faire les touristes. La chasse à courre est ouverte : taïaut ! taïaut ! et le gros gibier, c'est eux ! La charrette les retardait trop : ils l'ont abandonnée dans la neige.

– Ça te fait pas trop de chagrin, Lem ?

– Bof, c'est jamais qu'une carriole… Elle vaut pas qu'on y laisse notre peau…

Ils se sont chargés de l'indispensable : quelques vivres, des vêtements chauds. Lem a rempli sa bouteille plate, Cornebique a récupéré son banjo. Ils attaquent la montagne au petit jour. Cette fois c'est moins commode que la veille ! Ça ne descend plus, ça monte ! Et ils s'enfoncent dans la neige jusqu'aux genoux. Cornebique doit s'arrêter tous les trois cents mètres pour attendre Lem et l'encourager :

– Allez, docteur ! Je vois le sommet !

– Ça fait des heures que tu vois le sommet ! Je te crois plus…

Ils franchissent le col vers midi, à bout de forces. Ils prennent à peine le temps de souffler et ils dégringolent la descente, plus souvent sur les fesses que sur les pieds. La nuit tombe déjà quand ils laissent enfin derrière eux la montagne enneigée. Le docteur Lem n'a guère apprécié le programme de la journée : il a pris froid et il tousse méchamment. Maintenant, ils s'essoufflent tous les deux dans la plaine interminable. Plus de neige ici, mais la nuit, qui les avale. Voilà bientôt vingt-quatre heures qu'ils mettent un pied devant l'autre sans la moindre pause. Allez, courage ! Non, Lem, on ne s'arrête pas pour dormir. Elles ne dormiront pas, elles… Il suffirait qu'on arrive à se traîner encore jusqu'au marécage, et on serait peut-être sauvés. Je les connais : elles ne nous suivront jamais dans cette bouillasse. Elles sont bien trop chochottes.

Est-ce la nuit blanche passée à marcher, la fatigue, la fringale, la fièvre ? En tout cas, voilà Lem qui s'offre une petite rechute. Il a une dizaine de mètres de retard et il appelle :

– Hé, Cornebique !

– Oui.

– Pourquoi on fonce comme ça ? Y'a pas le feu !

– Ah bon ? Tu as envie de te faire rectifier la crête par les Griffues ?

– Par qui ?

Cornebique s'arrête net et l'attend :

– Les Griffues, Lem... Ça te dit rien ?

– C'est quoi ces bêtes ?

– Les Fouines, les Garces... ? Ça te revient ?

Lem plisse les yeux, fouille sa mémoire :

– Je vois pas...

– C'est pas grave, mon vieux... Je vais t'expliquer. Tu verras, c'est assez drôle et ça te fera oublier ton mal aux pattes...

Ils se remettent en route, guidés par les étoiles. Cornebique raconte une fois de plus le petit Pié, la cigogne Margie, la lettre du vieux Stanley... Il finit par le récit de leurs exploits chez les Fouines : l'*Auberge de la Licorne*, le boniment de Lem sur la place, sa visite à Grand-Mère... Comme Cornebique l'a espéré, Lem en oublie ses pattes douloureuses, sa fièvre, et ils avancent à bonne allure. Seul inconvénient : le docteur rigole trop. Ça le plie en deux parfois et il ne peut plus avancer ! Son passage préféré, c'est devant le palais avec Grand-Mère dans le sac. Cornebique doit reprendre trois fois la scène de la portion de boudin. En réalité, Lem ne croit pas une seule seconde qu'il ait pu faire une chose pareille. Il veut bien écouter pour le plaisir, mais de là à gober l'histoire, faut pas pousser !

Ensuite, ils marchent longtemps sans rien dire. Dans l'obscurité, ils butent parfois sur des pierres, trébuchent, se tordent les chevilles, se relèvent. Cornebique pourrait aller plus vite, mais c'est Lem qui flanche :

– On s'arrête, mon copain, j'en peux plus… Mes guiboles déclarent forfait…

– D'accord, Lem, d'accord, mais pas longtemps !

Ils s'assoient dos contre dos. Ils sentent leurs os qui pointent. Chacun est plus maigre que l'autre ! Ne t'endors pas, Lem. Surtout ne t'endors pas… Le noir nous les cache, mais elles ne sont pas loin, les Garces. Je les flaire. Je les devine. Elles peuvent nous tomber sur le râble à chaque instant.

Cornebique tire un quignon de pain de sa poche, le partage en deux et le fait passer par-dessus son épaule :

– Tiens. Surprise. Je l'ai gardé de la *Licorne*.

Ils sont en train de mâcher avec délice quand là-bas, au fond de la nuit, trois cents paires d'yeux jaunes s'allument. Les voilà déjà ! On ne sera même pas allés jusqu'à l'aube… Lem n'a rien vu. Il savoure son pain, les yeux fermés.

– Viens, Lem. On repart !

– Sans moi, mon camarade… Je reste ici…

– Je te porte…

Il ne lui demande pas son avis et le charge en travers

sur ses épaules. Allez, Cornebique, cours ! Encore une fois ! La der des der ! Voici quatre ans, tu cavalais dans cette même plaine, poursuivi par deux Griffues, et tu portais un petit Loir sur ton ventre. Aujourd'hui, tu en portes deux, plus un grand Coq, et elles sont plus de trois cents qui te coursent ! Bravo ! Tu es en net progrès ! Tu comptes aller jusqu'où comme ça ?

Pas loin… Pas loin… Le souffle lui manque, ses jambes tremblent. Cette nuit n'en finit plus. Sur ses épaules, Lem s'est endormi et il pèse comme un âne mort. Lui en haut, les deux petits en bas : on roupille à tous les étages maintenant dans la maison Cornebique. C'est bien le moment !

Si seulement ils pouvaient atteindre le marécage… Mais c'est fichu, il faudrait des jours et des jours. Cornebique allonge encore sa foulée, tire fort sur ses membres endoloris. Il est au bout du rouleau. Allez, un kilomètre encore ! Je m'arrêterai quand il fera jour, je les attendrai tranquillement, assis par terre, je ne leur donnerai pas le plaisir de me rejoindre à la course et de m'attraper par le fond de la culotte, en pleine nuit.

Ça y est ! À l'horizon, un premier nuage se colore de rose. Peu à peu le ciel s'éclaire. Cornebique ralentit, s'arrête, dépose son chargement de Coq à l'abri d'un rocher et s'agenouille, hors d'haleine. La sueur lui ruisselle sur tout le corps.

– Hein ? Qu'est-ce que tu dis, Lem ? Parle plus fort…

Cornebique approche son oreille :

– ... brûlures d'estomaque... rages de dents... dégradation de la rate... approchez... toutes les infections... langue râpeuse...

Pauvre docteur ! Il radote. C'est la fièvre qui le travaille. Un jour, il oubliera vraiment tout, jusqu'à son propre nom, mais il saura toujours son boniment...

À l'horizon, les yeux jaunes clignotent par centaines, se rapprochent. La respiration de Cornebique s'est apaisée. Venez, mes mignonnes, je vous attends, il me reste juste une surprise à vous préparer. Vous allez être très fâchées, mais tant pis.

Il trouve une pierre pointue et commence à creuser le sol. Il y fait un trou rond de la taille d'un bol. Il y passe la main, il y passe l'avant-bras. Ses doigts saignent. Il jette la terre fraîche le plus loin possible, qu'elles ne se doutent de rien. Il passe bientôt tout son bras dans le trou, jusqu'à l'épaule. Ça suffit. À toi d'abord, petite Loirote ! Il l'enroule dans son grand mouchoir à carreaux et la dépose délicatement au fond. Bonne nuit ma belle... On n'aura pas eu le temps de faire connaissance. Dommage.

À toi maintenant, mon bonhomme. Je suis triste de t'abandonner ici, à peine retrouvé. J'aurais bien aimé te voir encore les yeux ouverts. J'aurais bien aimé entendre une fois encore ta voix joyeuse : « Salut, Corne ! » Il n'y a que toi qui m'appelais comme ça... J'espère qu'au printemps, quand vous pointerez votre museau au grand air, vous arriverez à vous débrouiller sans moi, tous les deux, parce que de mon côté, ça sent le roussi, la fin des haricots… Oh, j'ai pas peur de mourir. Je regrette juste que ça ne continue pas encore un peu… Ça me plaisait bien, tout ce carrousel, là : les arbres qui bourgeonnent au printemps, le vent qui souffle, les saisons, gratter mon banjo, manger des bonnes choses, enfin, tout, quoi… J'ai bien eu quelques pierres dans mes lentilles aussi, mais pour l'essentiel, ça me plaisait…

Il dépose le petit Pié auprès de sa fiancée et le recouvre de la chaussette du vieux Stanley. Adieu fiston. Bonne chance…

Il rebouche le trou avec des brindilles et de la terre, arrange bien la surface pour tromper les Fouines et il s'assoit dessus. Elles peuvent venir, maintenant. Les deux petits Loirs ? De quoi elles parlent ? Il n'est pas au courant… Oui, elles peuvent venir. Il les attend. Et en musique, même ! Après tout, pourquoi il se priverait d'un dernier concert ? Il tire le banjo de son sac et commence à jouer

Put my little shoes away…

Ça veut dire : Jette mes petites chaussures. C'est la toute première qu'il a apprise, au temps où il avait encore deux bosselettes à la place des cornes.

Les Griffues ne se pressent même plus. Elles avancent par rangées, sûres de leur victoire, dans la lumière pâle de l'aube. Cornebique chante :

Maman chérie…

Dis à mes compagnons de jeu…

Un nuage gracieux rosit dans le ciel. Elles seront là d'ici quelques minutes.

Dis à mes compagnons de jeu

Que je ne jouerai plus jamais avec eux…

Un vent léger se lève et caresse doucement le visage de Cornebique, comme une main. Il pleure en chantant. Il y a si longtemps qu'on ne l'a plus caressé…

Que je ne jouerai plus jamais avec eux

Tu peux jeter mes petites chaussures…

Maman chérie

Tu peux jeter mes petites chaussures…

La chanson est finie. Le banjo s'est tu. Les Fouines sont là. On leur voit les dents. Il va leur payer ça, Cornebique, elles vont l'étriper comme un lapin.

– Ça bouge…

– Hein ? Qu'est-ce que tu dis, Lem ?

– Ça bouge… Ça gronde…

Lem est allongé sur le côté, l'oreille collée au sol. Cornebique s'allonge lui aussi et il écoute. Oui, ça bouge. Ce ne sont pas les Fouines : elles sont trop légères, ces sauterelles. D'ailleurs ça vient de l'autre côté, de l'ouest encore sombre. Il regarde et ne voit rien. Il écoute encore. Cette fois, le grondement se précise. Il semble monter des profondeurs de la terre. Dis, Lem, il y a des bisons par ici ? De la poussière s'élève au lointain. Mais où est le vent qui la soulève ?

Les Fouines se sont arrêtées. Elles tendent le cou, s'interrogent. L'inquiétude se coule dans leurs rangs comme une vague silencieuse.

Soudain un bras se tend : Là-bas ! Regardez ! Du nuage de poussière jaillissent des silhouettes furieuses et ramassées. Au grand galop. Des bisons ? Non : des Boucs !

Cornebique, ne t'évanouis pas ! Tu raterais le spectacle de tes frères qui déboulent. Tu louperais la Grande Charge ! Ils sont trois cents. Non, trois mille. Non, dix mille ! Serrés les uns contre les autres, compacts comme un seul coup de poing. Ils n'ont pas de lances ni même de bâtons. Leurs armes sont sur leurs têtes et surtout dans leurs cœurs. Ils se partagent pour ne pas écrabouiller Cornebique qui les regarde passer à sa droite et à sa gauche. Il avait oublié leur odeur. Comme vous sentez bon, mes Boucs ! Comme vous êtes vaillants !

Les Griffues reçoivent le choc de front. Elles n'ont le temps ni de mordre, ni de déchirer, ni de griffer. Elles valdinguent dans les airs en soupirant : houmpfffr ! huuuurrtch ! ôôôôôrrrrgrff ! Celles qui échappent aux cornes font demi-tour et détalent, miaulantes, la queue entre les jambes.

Cornebique est submergé par ce flot galopant de jambes, de bras, de cornes. Il se noie. Quelquefois il entend qu'on l'appelle par son nom : « Holà, Cornebique ! » Il n'a pas le temps de leur répondre qu'ils sont déjà passés, mais il les reconnaît tous : Porteboc,

Planchebique, Delbouc, Biquefer… Les larmes lui ruissellent sur les joues. Il empoigne Lem qui divague encore, l'assoit contre lui et le serre :

— Regarde, mon camarade, regarde : c'est ma famille qui passe !

Chapitre 21

Sur le chemin du retour, on les soigne, on les bichonne, on leur remplit le ventre. Lem dort sur une litière de paille portée par quatre Boucs qui rigolent à son baratin. Cornebique, malgré sa fatigue, préfère marcher au milieu des siens. Et il en apprend de belles : ces garces de Fouines ont voulu enlever des biquets au début de l'hiver. Elles n'y ont récolté que des coups de cornes dans les fesses, mais les Boucs ont décidé de leur faire passer une fois pour toutes l'envie d'y revenir : d'où cette petite visite de courtoisie. C'est ainsi qu'on entretient l'amitié entre voisins, non ? En marchant sur le pays des Griffues, les soldats-Boucs n'en espéraient pas tant : les trouver toutes bien alignées, prêtes à se faire enfoncer les côtes et trouer la bedaine ! Un véritable régal ! Un peu trop court peut-être, dommage…

Le village n'a pas changé. Les gens, si. Ils ont tous

quatre ans de plus ! Les bébés que Cornebique a vus au sein tirent maintenant les oiseaux à la fronde ; les garnements de l'école ne jouent plus aux billes : ils toussent leur première cigarette, crachent par terre et lorgnent les filles qui passent ; il manque quelques vieillards… Les amis de Cornebique, eux, font les mêmes choses qu'avant, mais en moins vite, et le ventre a poussé à quelques-uns. Cornebiquette a toujours ses étoiles dorées dans les yeux, mais elle s'est empâtée, il faut bien le reconnaître. Huit biquets en quatre ans, ça ne vous arrange pas la ligne ! Il la regarde, étonné, tandis qu'elle mouche son plus jeune : c'est cette gentille mémère qui m'a fait grimper aux rideaux ? Un plus méchant que lui dirait qu'elle a tourné bobonne.

Les plus belles retrouvailles, c'est avec Bique-en-Borne. Ils se remettent aussitôt à la musique, histoire de vérifier qu'ils n'ont pas perdu la main. Aucun souci : ça tombe à la double croche près, comme s'ils s'étaient quittés la veille ! Ils se parlent pendant des heures pour rattraper le temps perdu :

— Tu sais, Cornebique, il y en a une qui a bien pleuré à ton départ…

— Ah oui ?

— Blanchebicoune…

— Ah ?

— Oui. Elle s'est pas mariée. Elle t'attend.

— Ah… Et elle a jamais pensé que je reviendrais plus ?

176

– Jamais. Sa grand-mère lui a dit que tu étais juste allé « faire un tour »... Alors elle a patienté...

– Sa grand-mère ?

– Oui. Zerbiquette. Elle t'a croisé le matin où tu es parti. Tu te rappelles ?

– Oh oui, je me rappelle...

– Et tu lui as dit que tu allais « faire un tour », non ?

– C'est vrai...

Cornebiquette est la meilleure amie de Blanchebicoune. Elle arrange le rendez-vous. Il aura lieu demain matin au lavoir, vers neuf heures. Il n'y aura personne là-bas. Ils seront tranquilles. Les lavandières viennent plus tard.

À l'heure dite, Cornebique descend le chemin. Il a mis une chemise propre et fait briller ses cornes. Il n'a pas peur. Le décor est le même qu'il y a quatre ans, mais les rôles sont bien distribués, cette fois ! Il attend, assis sur la pierre plate. L'eau chantonne dans le lavoir. Blanchebicoune arrive un peu plus tard, boitillante comme avant, mais tellement gracieuse. Elle lui fait signe de loin, lui sourit, vient prendre place à son côté. Elle veut lui dire : « Bonjour, mon amour. » Mais elle bredouille :

– Alors, tu es revenu, Cornebique...

Il veut répondre : « Bonjour, ma toute belle. » Mais il bafouille :

– Comme tu vois...

Elle veut lui dire : « Je suis amoureuse de toi. » Mais elle dit seulement :

– Je suis bien contente…

Il veut lui dire : « Moi aussi, je suis amoureux de toi. » Mais il dit seulement :

– Moi aussi, je suis bien content…

Quelques semaines passent. Le petit Pié et sa promise continuent leur roupillon chez Cornebique, à l'étage, au fond d'une armoire. Il les a blottis l'un contre l'autre. La tête qu'ils vont faire en se réveillant ! On a donné un logement au docteur Lem. Pour la première fois de sa carrière, il peut clouer sa pancarte à une porte :

Docteur LEM
guérisons en tous genre (diplômé)
Médecin à la Cour
(Spécialiste de la rotule)

Il a retrouvé santé et joie de vivre, surtout depuis que le menuisier lui a bricolé une charrette toute neuve. Il la promène dans toute la région : approchez, approchez… dernières avancées de la médecine urbaine… On lui a accroché un cordon avec son adresse autour du cou, au cas où il ne retrouverait pas le chemin du village, le soir.

Les fiancés se marient au printemps : « Mademoiselle Blanchebicoune, voulez-vous prendre pour époux monsieur Cornebique ici présent ? – Je pense bien ! – Monsieur Cornebique, voulez-vous prendre pour épouse mademoiselle Blanchebicoune ici présente ? – Et comment ! »

La fête dure deux jours entiers. Deux jours pendant lesquels il tombe des cordes, si bien qu'il est presque impossible de sortir de la salle commune. Alors tout le monde y reste ! On y mange, on y boit, on y danse, on y dort et on recommence ! Lem, qui a commencé la fête dans un costume impeccable, la termine en lambeaux. Mais en tant que témoin du marié, il prend son rôle très au sérieux et raconte à qui veut l'entendre qu'il a connu Cornebique tout petit, qu'il l'a fait sauter sur ses genoux. Il s'en souvient comme si c'était hier. Le soir du deuxième jour, Bique-en-Borne et ses amis donnent un concert de tous les diables. Violon, harmonica, guitare et banjo. À en soulever le toit de la grange ! Le jour pointe quand ils se séparent enfin :

– Tu nous fais *So long*, Cornebique, pour finir… ?
– D'accord…

Le lendemain matin, il se lève avant tout le monde et traverse le village qui dort. Ça lui rappelle quelque chose. D'ailleurs revoilà la menue Zerbiquette qui avance sa silhouette noire sur la place. Décidément !

– Où t'es parti, Cornebique ? Me dis quand même pas que tu vas faire « un petit tour »…

– Non, grand-mère, n'ayez crainte. Je vais juste acheter du pain frais pour Blanchebicoune, quand elle se réveillera…

En sortant de la boulangerie, un pain sous le bras, il tombe sur Lem qui tire sa charrette le long de la rue :

– Salut, Cornebique… Je m'en vais.

– Tu t'en vas ? Où ça ?

– Je sais pas, mais j'y vais. Je suis malheureux quand je me réveille trois fois de suite dans le même lit. Faut que je bouge… Salut, mon copain…

– Attends un peu. Je t'accompagne jusqu'au bout du village.

– Comme tu veux…

Les dernières maisons sont déjà derrière eux. Ils vont bientôt atteindre le bois.

– Bon. Je dois te laisser, Lem. Des fois que j'arriverais plus à m'arrêter si je marchais plus loin…

– Comme tu veux…

– Adieu, alors.

– Adieu, Cornebique. Je te dirais bien que je t'oublierai jamais, mais avec mon truc, là, mon asménique, je peux pas te le promettre…

– C'est pas grave, Lem. Comme ça, si on se revoit, tu auras le plaisir de refaire ma connaissance… De mon côté, je peux te le dire : je suis pas près de t'oublier !

Ils s'embrassent affectueusement.

Lem s'en va sur le chemin. Cornebique le regarde s'éloigner dans le tintement de ses bouteilles. Soudain la charrette s'immobilise. Lem revient :

– Ah oui, Cornebique, autre chose : tu crois que j'ai pas remarqué ton manège hier soir avec la petite qui va de travers ? Si tu veux un conseil : demande-la en mariage. Vous êtes faits pour aller ensemble. Crois-moi, j'ai du nez pour ça…

Il lui fait un clin d'œil, repasse devant sa charrette et disparaît derrière les arbres, dingueding, dingueding.

Et voilà, l'histoire se termine ici.

Ah non, pas tout à fait !

Cornebique s'en revient par la grand'rue, le cœur un peu barbouillé, quand il aperçoit Blanchebicoune qui accourt à sa rencontre. Les pans de son peignoir à fleurs flottent sur les côtés. Elle est toute décoiffée.

– Cornebique, viens vite ! Ça bouge, là-haut. Je crois qu'ils se réveillent. Tous les deux en même temps !

– Tu es sûre ? J'arrive… Je veux pas manquer ça !

Ils courent tous les deux vers la maison, se tenant par la main. Un coucou chante dans le tilleul voisin. Pas de doute : le printemps arrive !

Les chansons évoquées dans ce roman
ont toutes été chantées par Woody Guthrie
et la plupart figurent sur le CD
The very best of Woody Guthrie :
Legend of American Folk Blues,
Music Club, 1992.

Jean-Claude Mourlevat

L'auteur

Jean-Claude Mourlevat naît en 1952 en Auvergne. Il fait des études à Strasbourg, Toulouse, Bonn et Paris, enseigne l'allemand durant quelques années, puis choisit de se consacrer au théâtre. Il crée alors deux solos clownesques qu'il interprète plus de mille fois en France et un peu partout dans le monde. Plus tard, il met en scène des pièces de Brecht, Cocteau, Shakespeare… En 1998 est publié *La Balafre*, son premier roman. Depuis, les livres se succèdent avec bonheur, plébiscités par les lecteurs, la critique et les prix littéraires. *La Ballade de Cornebique* est le premier livre de Jean-Claude Mourlevat chez Gallimard Jeunesse, où il a également publié *La Troisième Vengeance de Robert Poutifard*, *La Prodigieuse Aventure de Tilmann Ostergrimm* (Hors-Piste), *Le Combat d'hiver* et *Le Chagrin du roi mort* (Hors série).

Clément Oubrerie

L'illustrateur

Clément Oubrerie naît en 1966. Après des études d'arts graphiques à l'école Penninghen, il part vivre aux États-Unis, où ses premiers travaux sont publiés. De retour en France, il illustre des ouvrages pour la jeunesse – une quarantaine à ce jour –, s'ouvre avec succès aux techniques numériques de l'animation et crée notamment, avec Marguerite Abouet, la bande dessinée *Aya de Yopougon*.
Clément Oubrerie est également cofondateur d'Autochenille Production, qui prépare l'adaptation au cinéma du *Chat du Rabbin*, de Joann Sfar.

Mise en pages : Maryline Gatepaille

Loi n° 49-956 du 16 juillet 1949
sur les publications destinées à la jeunesse
ISBN : 978-2-07-062391-4
Numéro d'édition : 241134
Premier dépôt légal : mai 2009
Dépôt légal : décembre 2011

Imprimé en Espagne chez Novoprint (Barcelone)